FRANK MARIA REIFENBERG

STAY ALIVE

DAS IST KEIN SPIEL

FRANK MARIA REIFENBERG

STAY ALIVE

DAS IST KEIN SPIEL

EDEL
KIDS BOOKS

IT'S NOT OVER WHEN YOU LOSE.

IT'S OVER WHEN YOU QUIT.

NOCH SIEBEN TAGE

SPIELVERDERBER

HUNTER

»Ich kann nicht mehr, Joey. Du musst gleich übernehmen.« Hunters Augen brennen. Sein Nacken schmerzt. Sogar sein rechter Daumen macht langsam schlapp. Das ist sein wichtigster Finger, nicht nur das: sein wichtigstes Körperteil, außer vielleicht dem Gehirn, aber sogar da ist Hunter sich nicht ganz sicher. Manchmal hat er das Gefühl, seine Finger führen ein Eigenleben, jedenfalls wenn er ein Smartphone oder eine Konsole in der Hand hält und zockt. Seine Finger reagieren scheinbar schneller, als die Signale in seinen kleinen grauen Zellen ankommen.

»Hältst du noch eine halbe Stunde durch?«, fragt Joey. »Wenn keiner mit dem Hund rausgeht, gibt es wieder Ärger.«

Hunters Blick klebt am Display seines Laptops. »Moment, es wird eng.«

Ein anderer Spieler hat noch nicht gecheckt, dass Hunters Figur unter einer Tarnkappe verschwindet. Er sieht nicht, wer ihm gerade solche Schwierigkeiten macht. Die

Bonuspunkte, die Hunter bisher für diese Tarnkappe einsetzen musste, haben sich gelohnt, aber der Schutz lässt in weniger als einer Minute nach, das ist sicher. Dann fliegt er auf. Hunter zieht sich zurück, lässt die Kammer, durch die er eigentlich ausweichen wollte, links liegen, setzt aber noch einen Orientierungsmarker. So findet er den Zugang wieder. Vielleicht.

Diese Kammer macht ihnen allen schon seit einigen Tagen Sorgen. Nicht nur, dass sie den Code nicht knacken können, das ist meistens sowieso nur eine Frage der Zeit. Jaden ist der Spezialist für so etwas. Wahrscheinlich kann er das so gut, weil er auch ständig die Rätselseiten von irgendwelchen vorsintflutlichen Zeitungen durchackert. Zeitungen aus Papier! Darüber kann Hunter nur lachen.

Aber für die Menge der verschlüsselten Botschaften in diesem verfluchten Spiel ist es Gold wert. Fast wörtlich.

Den Code wird Jaden also knacken, aber Hunters Gefühl sagt ihm, dass es mit der Kammer etwas Besonderes auf sich hat.

Hunter lehnt sich zurück, schließt die Augen, streckt sich. »Vielleicht ist die Kammer eine Abkürzung?«

»Oder das Ziel?«, fragt Joey.

Rebel und Jaden spielen konzentriert weiter.

»Könnt ihr mal aufhören zu quatschen«, knurrt Jaden.

Auch er schaut nicht auf. Nicht einmal seine Lippen bewegen sich. Er könnte Bauchredner werden.

»Ganz meine Meinung.« Rebels erste Worte an diesem Tag, und es ist immerhin schon kurz vor Mittag. »Ihr wisst doch, dass genau in solchen Phasen die Fehler passieren.«

»Wo bleibt Maggie, verdammt? Sie ist seit zwei Stunden überfällig. Man kann sich einfach nicht auf sie verlassen«, mault Hunter einfach weiter.

»Genauso wenig wie auf dich. Was hatten wir vereinbart? Keine Namen«, sagt Joey. »Nicht den vom Hund und schon gar nicht unsere.«

»Aber du heißt doch gar nicht Joey.«

»Es gibt genug Leute, die mich so nennen. Du weißt, was sie bei *FyS* über die Spy-Software sagen, die du dir mit der App des Spiel runterlädst.«

»Du leidest unter Verfolgungswahn.« Jaden schüttelt den Kopf. »Als ob dieser Milton irgendwo mit einem Kopfhörer säße und heimlich ein paar Jungs beim Zocken zuhört.«

»Und Mädels.«

»Was?«

Rebel verdreht die Augen. »Es zocken hier nicht nur Jungs.«

»Hört, hört. Unsere Kämpferin für die Frauen.«

»Du nervst, Hunter«, stöhnt Jaden.

»Keine Namen«, äfft Hunter nun Joey nach.

»Shit, shit, shit. Ich bin in einer Falle gelandet.« Jadens Fingerbewegungen werden hektisch. »Ich dachte, ich hätte den Code für die Kammer, aber …«

»Das kommt vom Gequatsche.« Rebel übernimmt die Figur augenblicklich. »Ist das Gate noch offen?«

Hunter steigt ebenfalls sofort wieder ein. »Es schließt sich. Elf Randomschleifen noch.«

»Weite?«

Hunter reagiert nicht.

»Sind es weite Schleifen, verdammt noch mal?«

»Nein.«

»Dann muss es Joey machen.« Es kommt selten vor, dass Rebel einen anderen ans Ruder lässt, aber das zeichnet sie aus. Sie weiß, wo ihre Grenzen sind. »Du bist der Einzige, der bisher aus all diesen Fallen entkommen ist. Ich gehe mit dem Hund raus.«

»Armer Crusoe.« Hunter findet das komisch.

Rebel nicht. Die Kopfnuss, die sie Hunter verpasst, tut weh. Als Rebel das muffige Wohnzimmer verlassen will, steht Maggie im Türrahmen.

»Das wurde aber auch Zeit«, knurrt Jaden.

»Ich wurde verfolgt«, sagt Maggie.

»Und warum bist du dann hier?«, fragt Rebel.

Um einer Parkour-Läuferin wie Maggie zu folgen, muss man selbst Parkour-Läufer sein. Oder eine Drohne haben. Trotzdem haben sie vereinbart, beim kleinsten Verdacht, dass etwas nicht stimmt, nicht in die Zentrale zu kommen.

Irgendwo im Haus jault der Hund.

»Tja, ich würde sagen, du kommst zu spät«, sagt Hunter. »Viel Spaß beim Aufwischen.«

HUNTER
210
200
190
170
160
150
140
130
120
110
100
90
80
70
60
50
40
30
20
10
0

DER WÄCHTER

Vielleicht sind ich und meinesgleichen in diesem Spiel das größte Rätsel. Oder besser gesagt: Nach dem Quellcode sind wir das, was am besten gehütet wird, weil wir so gut wie alles wissen, jedenfalls über die uns zugeteilten Segmente und die am Spiel beteiligten realen und virtuellen Figuren. Im Gegensatz zu der kleinen Chaoten-Gang in diesem Forsthaus mit den lächerlichen Hirschgeweihen und den ausgestopften Füchsen an den Wänden, diesen Jungs und Mädels, die tatsächlich versuchen, einen Typen wie Rupert Milton hinters Licht zu führen, bin ich nämlich nicht nur clever oder scharfsinnig. Ich habe eine künstliche Intelligenz im Rücken, ein paar Algorithmen und Programmierzeilen, die mir einen noch besseren Überblick gewährleisten als das Spiel selbst. Das ist der Hammer.

Und es macht den Unterschied.

Außerdem denke ich, bevor ich rede. Ich denke, bevor ich handele. Ich denke, bevor ich auch nur mit der Wimper zucke. Ich denke sogar, bevor ich mir den Hintern abwische. So würde es zumindest Hunter ausdrücken. Er würde allerdings nicht Hintern sagen, sondern ein Wort, das so richtig aus der Gosse kommt. Wie er selbst.

Hunter ist ein rotziger, unerzogener Typ ohne einen Funken Anstand. Mir sind Anstand und gutes Benehmen sehr wichtig. Ich mag es, wenn Leute sich zu benehmen wissen.

Ich hatte Hunter und die anderen – also Jaden, Joey, Rebel und Maggie – ziemlich bald auf dem Schirm. Sie machen ihre Sache sehr, sehr gut. Sie verwischen ihre Spuren so gekonnt, dass sie eigentlich unsichtbar sind. Aber eben nur eigentlich.

Anfangs habe ich tatsächlich nicht kapiert, dass es mehrere Spieler sind, die zusammenarbeiten – was verboten ist. Paragraf sowieso der Spielregeln, auch die Zehn Gebote genannt. Teil der Allgemeinen Geschäftsbedingungen, die natürlich jeder einfach nur mit einem Klick bestätigt, ohne sie zu lesen. Dieses Zusammenspiel ist ihr Trick, und ich gestehe, dass ich bis heute nicht ganz genau rekonstruieren kann, wie das funktioniert, wie sie es machen. Das ärgert mich ein wenig. Immerhin habe ich aber einen Verdacht. Ihre ganze Ausrüstung ist viel zu schäbig. Diese windigen Laptops! Das Tablet aus den 2020er-Jahren und dieser lächerliche iMac, den sie irgendwie ein bisschen aufgerüstet haben. Alle anderen *spielen auf den konzerneigenen Konsolen, die man im zweiten Level sogar für einen symbolischen Euro ausleihen kann.*

Ich hätte sie längst eliminieren müssen, das ist klar. Und ich könnte es, denn ein Wächter muss seinen Verdacht nicht beweisen. Wenn dieser Hunter lesen kann, sollte er Paragraf bla, bla, bla Absatz irgendwo genau studieren. Allein die Vermutung, dass betrogen wird, reicht, um rauszufliegen. DISQUALIFIED.

Es macht mir aber Spaß, dabei zuzusehen, wie sie sich schlagen, wenn es immer schwerer wird für sie. Und das wird es natürlich auch, weil ich es ihnen so schwer mache. Wer glaubt, dass in diesem Spiel die Bedingungen für alle gleich sind und der oder die Beste gewinnt, ist auf dem Holzweg.

Schon jetzt ist klar: Ohne die Hindernisse, die ich ihnen zusätzlich in den Weg lege, wären sie längst ganz vorne, weil sie mit ihrem kleinen Trick einfach unschlagbar sind.

Ich weiß mittlerweile ein bisschen was über sie, wenn auch längst nicht alles. Ihre wahren Identitäten konnte ich noch nicht knacken. Wenn man jedoch eine Weile ihre Gespräche belauscht, sammeln sich einige Informationen an. Es ist also nur noch eine Frage der Zeit. Sie sind alle relativ jung, auf jeden Fall noch keine sechzehn

Jahre. Das ist ihr größtes Problem. Eigentlich dürften sie gar nicht mitmachen.

Deshalb haben sie sich unter einem Namen und einer Adresse angemeldet, die zwar tatsächlich existiert, jedoch bisher keine verwertbare Spur zu ihnen selbst liefert. Es gibt nur einen Hinweis auf die Gegend, in der sie leben, und das ist leider der Großraum Berlin. Es könnte also die Suche nach der berühmten Nadel im Heuhaufen werden.

Nur bei Maggie habe ich eine Vermutung, die gerade überprüft wird.

Im Moment sind sie in einer kritischen Phase. Wahrscheinlich liegt es am Schlafmangel.

REBEL

Joey hat den Platz von Rebel übernommen. Mit einer Hand steuert er das Spiel, mit der anderen stopft er sich eine ordentliche Ladung Kartoffelchips in den Mund.

Hunter muss noch ein bisschen durchhalten. Er kann jetzt nicht mit Maggie tauschen. Wenn einer geht, müssen die beiden anderen erst einmal weiterspielen.

Rebel hat sich schon ein paarmal gefragt, wie Joey sich all diesen Computerkram merken kann, wo er doch sonst ein Gedächtnis wie ein Sieb hat. Klar, er hängt im Netz rum, seit sie ihn kennt, also mehr oder minder seit der Grundschule. Er saugt alles auf wie ein Schwamm, was mit Programmierung, mit Algorithmen zu tun hat, mit allem, was sich in binären Codes irgendwie erfassen lässt. Aber über diese App weiß er irgendwie zu viel, das ist jedenfalls Rebels Gefühl.

Als die ersten Berichte im Netz kursierten, dass aus *Seven Souls* diese Mega-Sache werden sollte, mit dem irre hohen Gewinn, tauchten schnell alle möglichen Theorien auf. Die Hacker interessierten sich natürlich in erster Linie dafür, wie sie das Programm knacken könnten. Die Zocker hingegen suchten nach Lücken, um unter die Auserwählten für die letzte Runde zu kommen, um zu gewinnen.

Joey hatte ihnen genau erklärt, welche Sicherungsmaßnahmen sie umgehen mussten. Im Mittelpunkt steht eine KI, die verhindern soll, dass Bots eingeschleust werden können oder sich Communitys einschalten. Das ist seit einiger Zeit der ganz neue Trend in der Gamer-Szene, die sogenannten ›Collaborations‹. Aber genau so etwas haben Hunter und Joey auf die Beine gestellt. Welche Rolle Hunter dabei spielt, ist Rebel unklar. Er spricht auch nicht mit ihr darüber, obwohl sie beide doch die einzigen wirklich Befreundeten in dieser Clique sind.

Hunter benutzt die anderen nur, denkt Rebel und fragt sich sofort, ob das auch auf ihre eigene Person zutrifft.

Rebel verscheucht den Gedanken und ruft den Hund. Crusoe antwortet mit einem heißeren Bellen.

»Er ist oben«, sagt Maggie.

»Wie ist er denn die Treppe hinaufgekommen?«, fragt Rebel.

Maggie zuckt nur die Achseln. »Vielleicht hat Joey ihn hochgetragen. Ich komme mit nach draußen, okay?«

Rebel steigt die knarrenden Stufen hinauf. Der Hund

sitzt auf dem oberen Treppenabsatz. Die Treppe schafft der alte Bursche nicht ohne Hilfe.

Das Gebäude war früher ein Forsthaus, es ist komplett aus Holz gebaut. In allen Räumen starren einem Jagdtrophäen aus gläsernen Augen hinterher. Sogar auf dem Klo. Dort ist es ein mottenstichiger Dachs.

Jetzt nutzt Hunters Onkel es als Ferienhaus. Es liegt für ihre Zwecke wunderbar einsam. Früher wurde die Gegend das »Tal der Ahnungslosen« genannt, weil es hier nicht einmal TV-Empfang gab.

Rebel setzt den Hund erst vor der Haustür ab. Maggie wartet dort. Sie sitzt auf den verwitterten Planken der Veranda und studiert die Fingernägel ihrer linken Hand.

»Guck mal. Hab ich mir in der fünften Stunde machen lassen. Die hatten ein Angebot im Nagelstudio an der Bushaltestelle.«

»In der Fünften hast du doch Erdkunde.« Rebel wundert sich. Solche aufgemotzten Fingernägel mit Bling-Bling und allem hat sie noch nie an Maggie gesehen.

»Ich hasse Erdkunde. Heute war die wirtschaftliche Entwicklung in Westafrika am Beispiel des Senegals in der Zeit nach dem Kolonialismus …«

»Immerhin weißt du, was du nachholen musst«, sagt Rebel, dann bemerkt sie, dass Maggie ihr gar nicht zuhört, sondern einfach weiterdoziert: »… die größten

Städte sind Dakar, Touba und Thiès. Die wichtigsten Sprachen sind Wolof, Serer, Diola …«

»Hallo?« Rebel klopft an Maggies Stirn. »Jemand zu Hause? Mich interessiert der Senegal im Moment nicht so sehr.«

»Der Senegal? Was ist damit?«, fragt Maggie erstaunt, als sei sie gerade an einem völlig anderen Ort in ein völlig anderes Gespräch verwickelt gewesen. »Schau mal, ich sollte mir die Nägel öfter so machen lassen.«

»Du hast gerade geklungen wie ein Wikipedia-Eintrag. Hast du das auswendig gelernt?«, sagt Rebel, aber Maggie würgt sie einfach ab: »Jetzt komm mir nicht wie meine Mutter. Aber wenn wir diesen ganzen Berg Kohle gewonnen haben, können mich sowieso alle mal.«

Rebel schüttelt den Kopf. Was ist plötzlich los mit Maggie? Was redet sie da für ein wirres Durcheinander? »Noch sind wir nicht in der Endrunde«, sagt sie, ohne weiter darauf einzugehen. »Und dann müssen wir erst einmal auf dieses Schiff kommen. Wo niemand auf uns wartet, wofür wir noch nicht mal das Mindestalter haben und wo vor allem wohl kaum jemand mit gleich fünf Leuten rechnet. Fünf Leute, die sich durch eine Collaboration nach vorne gemogelt haben.«

»Musst du einem eigentlich immer alles vermiesen?« Maggie seufzt. »Mir schlägt dieser Wald aufs Gemüt.«

Rebel zuckt die Achseln. »Du musst meditieren, dann wird es besser.«

»Meinst du?«, fragt Maggie.

Sie zweifelt zu Recht daran. Besser wird es durch Meditation erst nach Monaten. Aber das muss Maggie nicht wissen. Rebel setzt sich jeden Tag auf ein Kissen und starrt eine halbe Stunde die Wand an.

»Doch, ja«, versichert Rebel. »Auf jeden Fall kann man sich besser damit abfinden, wenn etwas nicht funktioniert.«

Erst jetzt kommt Rebel wieder in den Sinn, was Maggie ihr vor ihrem wirren Vortrag über den Senegal gesagt hatte.

»Was hast du vorhin gesagt?«, fragt sie. »Dich hat jemand verfolgt?«

Der Hund hat bereits ein paar Meter hinter sich gebracht. Weil der Terrier fast blind ist, ändert sich seine Route nie: die Auffahrt runter, am Tor gleich rechts auf einen Feldweg, dort am Drahtzaun entlang bis zu der Lichtung. Der Zaun ist elektrisch geladen und versetzt einem einen unangenehmen Schlag, wenn man ihn berührt. Aber auch der Hund hat gelernt, diesen Fehler zu vermeiden.

»Wie kommst du darauf, dass jemand hinter dir her war?«

Maggie setzt jeden Schritt mit größter Vorsicht. Es soll bloß kein Schlammspritzer auf ihren weißen Chucks landen. »Wenn jemand vorm Schultor herumhängt und dann eine volle Stunde später ganz zufällig auf der Bank an der Bushaltestelle sitzt, als du aus dem Nagelstudio kommst, dann ist das sonderbar.«

»Leute sitzen auf der Bank an einer Bushaltestelle, weil sie auf den Bus warten.«

»Rebel, tu nicht so, als sei ich ein Vollpfosten. Es waren mittlerweile drei Busse der Linie 27 vorbeigefahren, ich hab es doch durchs Schaufenster von *Nelly's Nagel-Paradies* gesehen. Außerdem war sie dann auch im Einkaufscenter, wo ich mir einen Grand Chai Latte Vanilla geholt habe.«

»Sie?«

»Ja, sie. So eine retromäßige Tussi, die auf Punkerin macht. Wenn es ein Typ gewesen wäre, hätte ich es ja normal gefunden.« Maggie klimpert gekünstelt mit den Wimpern.

Rebel seufzt nur leise. Wenn Maggie in den Königin-vom-Abschlussball-Modus verfällt, ignoriert man sie am besten.

Maggie ignoriert, dass Rebel sie ignoriert. Sie grinst triumphierend. »Und dann bin ich durch die Hintertür von der Kaffeebar abgehauen. Du weißt schon, wo ich mal durch bin, als mich meine Eltern fast beim Schwänzen erwischt haben. – Warum knurrt der Hund denn? Der knurrt doch nie. Hat er überhaupt schon sein Geschäft gemacht? Vorgestern hatte er Durchfall, sagt Hunter.«

»Ich will das nicht hören.«

»Jedenfalls musst du nicht denken, dass man sich einfach so an mich dranhängen kann.«

»Doch, kann man«, sagt jemand.

Rebel und Maggie zucken zusammen. Rebel fährt als Erste herum.

Da steht eine Punkerin.

Maggie stößt einen Kiekser aus.

»Es ist sogar sehr einfach«, sagt die Punkerin.

»Du hast Kacke am Schuh«, sagt Rebel.

Die Punkerin schaut an sich runter. »Stimmt.« Sie streift die ramponierten Springerstiefel im Gras ab. »Und wenn ihr so weitermacht, habt ihr das in Kürze auch. Aber auf ganz andere Art, das kann ich euch versprechen. Also, wenn ihr am Leben bleiben wollt, solltet ihr vorsichtiger sein.«

»Wovon redest du?«, fragt Rebel. Sie weiß ganz genau, worauf diese Fremde hinauswill. »Wie kommst du überhaupt hierher? Hast du dich verlaufen?«

»Du bist mir gefolgt!«, sagt Maggie. Sie zieht einen Flunsch.

»Eigentlich bin ich diejenige, die die Fragen stellt«, gibt die Punkerin zurück. »Sollen wir nicht lieber erst einmal ins Haus gehen?«

Rebel hat die Nase voll. »Das sollen wir *nicht*. Du sollst hier verschwinden.«

Die Punkerin bleibt ruhig, obwohl Rebels Ton ziemlich patzig ist. »Einer von euch ist geschwätzig wie meine Oma, und eure Abschirmung ist löchrig wie ein Nudelsieb. Um es klar und deutlich auszusprechen: Wenn ihr im Spiel bleiben und nicht in der sechsten Woche doch noch rausfliegen wollt, solltet ihr mit mir zusammenarbeiten. Die Nächsten, die euch hier entdecken, werden wahrscheinlich nicht so lange fackeln wie ich. *Stay alive!* sage ich nur.« Sie wartet keine Antwort ab, sondern dreht auf dem Absatz um und geht auf das alte Forsthaus zu. »Außerdem habe ich Hunger. Habt ihr was im Kühlschrank? Klar habt ihr das. Der Lieferservice war doch gestern erst da.«

Rebel bleibt wie angewurzelt stehen. Hunter, verdammt. Dieser Idiot. Er sollte gestern einkaufen. Und hat einen verfluchten Lieferservice beauftragt. Da konnte er ihren Standort auch gleich auf Instagram posten. Ich breche ihm die Finger, denkt Rebel. Aber das wird sie natürlich nicht tun. Hunters Finger sind vielleicht sieben Millionen Euro wert. Eine Sieben und sechs Nullen.

JADEN

Jaden kann von seinem Platz aus in den Flur bis zu dem verglasten Windfang schauen, weshalb er als Erster sieht, dass es ein Problem gibt. Eine fremde Person, die zielstrebig aufs Haus zuläuft und nicht von Rebel und Maggie zurückgehalten werden kann, muss ein Problem sein.

Die Punkerin, die er sieht, kann nichts mit Hunters Onkel zu tun haben. Sie trägt eine pinkfarbene Irokesen-Bürste und eine Sicherheitsnadel als Nasenpiercing, dazu Springerstiefel und eine nietenbesetzte Lederjacke.

»Wir bekommen Besuch«, sagt Jaden.

»Pause?«, fragt Joey.

»Ausloggen!«, antwortet Jaden.

Man kann sich ausloggen, aber man fällt unweigerlich zurück. Das ist eine der Gemeinheiten des Spiels. Es ist darauf angelegt, dass man sieben Wochen lang möglichst pausenlos online bleibt und möglichst selten einen Silent Room aufsucht.

»Nicht jetzt.« Hunter spielt ungerührt weiter.

»Sofort!«, zischt Jaden, denn die Punkerin steht schon an der Haustür und stößt sie mit dem Fuß auf. Er hat so eine Vorahnung. Diese Punkerin wird Ärger machen. Gewaltigen Ärger.

Vorahnung, Intuition, Instinkt – Jaden weiß nicht, wie er es nennen soll. Aber er hat das oft. Ein Unterbewusstsein, das mehr erfasst als das der anderen. Er liefert damit einen Spielbeitrag, der vielleicht wichtiger ist als das Programmierwissen von Hunter oder die strategische Begabung von Joey. Rebel zeichnet ihre absolute Skrupellosigkeit aus, sie ist zu jedem Schritt bereit. Das gruselt Jaden nicht selten. Dann ist er froh, dass alles nur ein Spiel ist.

»Ihr könnt ruhig weiterzocken«, sagt die Punkerin.

Sie hat ohne ein Zögern mit wenigen Schritten den Hausflur, der eher eine kleine Eingangshalle ist, durchquert und wirft sich nun auf das Sofa mit den quietschenden Sprungfedern. Sie versinkt in den Polstern und knallt die schweren Stiefel auf das wackelige Tischchen davor. Ein paar leere Energydrink-Dosen fallen scheppernd auf den Boden.

Rebel und Maggie sind in der Tür stehen geblieben. Hunter wirft ihnen einen bösen Blick zu. Sie zucken beide nur die Achseln.

»Was soll das?«, fragt Hunter. Gleichzeitig fährt er

das Spiel herunter und klappt mit einer schnellen Bewegung die Laptops zu.

Die Punkerin tippt eines der Geräte an. »Mit diesen alten Krücken mogelt ihr euch durch das Spiel?« Sie lacht.

»Wir mogeln nicht«, blafft Hunter.

»Und ob ihr das tut«, gibt die Punkerin zurück.

»Warum bringt ihr die hierher?«, fragt Hunter. »Maggie? Rebel? Was geht hier ab?«

»Mach keine Welle, Hunter. Wir haben sie nicht hergebracht«, sagt Rebel. »Sie war einfach da.«

»Einfach da?«, fragt Joey, aber er bekommt keine Antwort.

»Du bist also Hunter?«, fragt die Punkerin. Dann zeigt sie auf Joey. »Ich tippe, dass du Jaden bist und du Joey? Oder umgekehrt?«

»Wer will das wissen?« Hunters ganzer Körper scheint nun unter Strom zu stehen.

Jaden fragt sich, ob Hunter auch handgreiflich werden würde. Mit Worten ist er schnell dabei, hart und unerbittlich und mit einem Vokabular, bei dem einem angst und bange werden könnte. Ihm wird gerade klar, dass er Hunter nicht wirklich gut kennt. Eigentlich weiß nur Rebel mehr über ihn.

Die Punkerin zieht wie aus dem Nichts ein Springmesser hervor. Mit einem leisen Klicken schnellt die Klinge aus dem Schaft.

Maggie stößt einen unterdrückten Schrei aus. Alle anderen weichen unmerklich zurück. Jaden hebt beschwichtigend die Hände.

Die Punkerin beginnt, sich mit der Messerspitze die Fingernägel zu säubern. Dabei redet sie so unaufgeregt weiter, als würde sie ihnen mitteilen, was es am Abend zu essen gibt. »Ich habe es den beiden Mädels bereits gesagt: Ihr habt nicht viele Möglichkeiten, eigentlich nur eine einzige, nämlich mit mir zusammenzuarbeiten. Falls ihr das nicht tut, fliegt ihr im besten Fall aus dem Spiel. Ich hoffe, ihr habt die allgemeinen Geschäftsbedingungen gelesen, als ihr euch eingeloggt habt.«

Jaden schaut Hunter fragend an.

»Zum Teufel, wer liest denn diesen Kram?«, sagt Hunter.

»Tja, darauf bauen die Firmen«, sagt die Punkerin. »Niemand tut das, außer ein paar Typen, die am liebsten mit solchen Paragrafen verheiratet wären. Also, aus dem Spiel zu fliegen ist ärgerlich, aber den richtigen Stunk bekommt ihr wegen dieses kleinen Hacks. Hunter, ich vermute, das warst auch du?«

Rebel stand bisher mit verschränkten Armen an den Türrahmen gelehnt. Jetzt macht sie ein paar Schritte in den Raum hinein. Jaden wird plötzlich klar, dass er sich mehr vor Rebel fürchten würde als vor Hunter. Wenn es darauf ankommt, sollte man sich vor ihr in Acht nehmen.

»Was hast du getan?«, fragt Rebel.

Die Punkerin lässt Hunter gar nicht erst zu Wort kommen. »Er hat mindestens zwei Ebenen der Firewall geknackt, die das Programm schützen. Stimmt's oder habe ich recht, Hunter? So weit sind bisher nur ein paar russische Hacker gekommen, die dafür die Unterstützung des Geheimdienstes hatten. Ihr seid aus dem Spiel, so was von aus dem Spiel. Die einzige Chance, das zu verhindern, ist, mit mir zusammenzuarbeiten. Dann kommt ihr garantiert auf die *Soul Saver* und tretet auf dieser herrlichen Luxusjacht die Reise zu den sieben Millionen an, die dem Gewinner winken.«

»Oder der Gewinnerin«, murmelt Jaden.

»Oder der Gewinnerin, sehr richtig«, sagt die Punkerin. »Alternativ müsstet ihr mir eins über die Rübe geben und mich hier einsperren, bis alles gelaufen ist. Oder mich im Wald verscharren.« Die Punkerin lacht. »So weit würdet ihr wohl nicht gehen, oder?«

Jaden ist sich da nicht sicher. Er würde ziemlich viel tun, um an seinen Anteil des Gewinns zu kommen. Fast alles. Wenn er eine Chance haben will, zu werden, wer er wirklich ist, müssen sie gewinnen.

»Warum sollten wir uns auf irgendwelche Spielchen mit dir einlassen?«, fragt Maggie.

»Darüber könnt ihr eine Nacht nachdenken. Ich komme morgen wieder, dann müsst ihr euch entscheiden.«

NORD-NEWS IM DRITTEN

Das Wetter mit Adil el Hamdou

»Guten Abend, hier ist Adil el Hamdou, willkommen zum Wetter. Auf was müssen wir uns in den kommenden Tagen einstellen? Hitze, hohe Luftfeuchtigkeit, Temperaturen bis zu 40 Grad. Das ist es, kurz und knapp gesagt.

Aber zunächst werfen wir einen Blick auf dieses wirklich außergewöhnliche Foto der NASA. Vier Teleskope machen alle zehn Sekunden detaillierte Bilder von der Sonne. Zu erkennen sind hier ganz deutlich die extrem starken Sonneneruptionen.

Die Erde wird bald von einem geomagnetischen Sturm getroffen werden. Ausgangspunkt sind Explosionen der zweithöchsten Klasse im Sonnenfleck AR 2936. Das sehr ähnliche sogenannte Carrington-Ereignis aus dem Jahr 1859 wird wohl deutlich übertroffen werden. Die Wucht des verheerenden Sonnensturms, der die Erde vor knapp zehntausend Jahren heimsuchte, hat dieser Sturm vermutlich nicht. Für Stromnetze oder Satelliten besteht bei dieser Kategorie allerdings ein erhöhtes Risiko. Wir müssen also damit rechnen, dass hier und da die Mobilfunkverbindungen instabil werden. Stromausfälle fürchten zumindest junge Leute weniger, umso mehr jedoch instabile Satellitenverbindungen, besonders wenn es die von Rupert Milton betrifft. Seine große *Seven Souls*-Challenge geht nämlich in die Endrunde, und das Spiel wird ausschließlich über die eigenen Satelliten der Milton-Gruppe gezockt.«

NOCH SECHS TAGE

ENE, MENE, MUH
UND RAUS BIST DU.

MAGGIE

Der Stress mit der Punkerin setzt Maggie zu. Sie ist am Abend einfach kurz nach der Punkerin gegangen. Das Spiel ist eigentlich nicht ihre Sache, das merkt sie immer mehr. Aber sie müssen rund um die Uhr am Ball bleiben. Jede Pause wirft einen zurück, weil die künstliche Intelligenz, die hinter dem Ganzen steckt, jede Spielfigur einfach im Auto-Modus weiterlaufen lässt, mit reduzierten Fähigkeiten, aber ständig in Gefahr, von anderen rausgekickt zu werden. Wenn man dann nach einer längeren Pause zurückkehrt, findet man sich vielleicht in einem völlig anderen Set wieder und muss sich aus irgendeiner Sklaverei oder einer Gefangenschaft herausarbeiten.

Hunter hat sie ziemlich angepflaumt, aber sie brauchte die Pause.

Maggie weiß, dass die anderen sie für eine verwöhnte Tussi halten. Und sie weiß auch, dass sie nur dabei sein darf, weil ihre Eltern Geld haben. Ziemlich viel Geld. Die Laptops hat Maggie besorgt, dafür ist sie ihnen gut, auch wenn jetzt alle über die Geräte herziehen. Sie hat ein Gespräch zwischen Joey und Hunter belauscht, in dem es genau darum ging.

»Wir müssen ein paar Sachen vorfinanzieren«, hatte Hunter gesagt. »Da ist es besser, wenn nicht alle aus dem letzten Loch pfeifen.«

Das tun die anderen vier tatsächlich. Sie sind dauerpleite.

Hunter hat gar keine Familie, außer diesen Onkel, von dem niemand weiß, ob er wirklich sein Onkel ist. Die Leute in seiner Wohngruppe vom Jugendamt betrachtet er auch nicht als Familie, obwohl sie ihm das dort immer einreden wollen. Rebels Eltern schuften sich seit ihrer Flucht aus Vietnam in ihrem Imbiss ab und kommen trotzdem nie auf einen grünen Zweig. Joeys Mutter arbeitet zwar beim Finanzamt, aber nach der Scheidung bleibt am Ende des Monats kaum etwas übrig. Und Jadens Vater schickt das meiste Geld, das er mit seinen vielen Jobs verdient, in die Heimat nach Bosnien, während Jaden das, was ihm bleibt, eisern spart.

Maggie darf nicht darüber reden, für was er spart. Er hat es ihr einmal anvertraut, weil sie ihn gesehen hat, als er aus der Beratungsstelle kam. Er hat versucht, sich rauszureden, von einem Referat für die Schule geschwafelt und dass er dafür recherchiert habe.

Wenn Jaden etwas nicht kann, dann ist das lügen. Und wenn Maggie etwas kann, dann ist es hartnäckig sein. Außerdem hatte sie schon länger so eine Vermutung.

Was die Punkerin ihnen anbietet, ist kein Spielchen, das ist Maggie sofort klar. Natürlich poltern ihr augenblicklich Bedenken durch den Kopf, wie immer. Maggie ist die absolute Bedenkenträgerin. Man könnte ihr ein Schild mit dieser Bezeichnung anstecken, wenn man sie mit einem einzigen Wort beschreiben müsste. Damit ist sie der Gegenpol zu Hunter, der nie um irgendetwas besorgt ist.

Als die Punkerin wieder vor der Tür steht, schaut sie ihnen ein paar Minuten beim Spielen zu, was alle nervös macht.

»Was nun?«, fragt Hunter.

Die Punkerin nimmt die Füße von dem Beistelltischchen, setzt sich auf und kippt das Tischchen zur Seite, sodass alles auf den zerschlissenen Perserteppich fällt: eine leere Chips-Tüte, Kronkorken, ein kaputter Kopfhörer und ein paar Schmackos, die der Hund nicht mochte. Die Punkerin wischt einmal mit dem Ärmel über das Glas der Platte, erreicht damit aber nichts. Die Schmiere aus verschütteter Limonade, Pizzafett und Knabberzeug ist bereits angetrocknet.

»Wie könnt ihr in so einem Saustall leben?«, knurrt sie.

»Wir leben hier nicht, wir zocken«, sagt Joey.

Er breitet ein halbwegs sauberes Tuch, mit dem er die Monitore morgens abgewischt hat, über das Tischchen. Die Punkerin legt eine hölzerne Schatulle darauf und klappt sie auf. In den Innendeckel ist ein goldfarbenes Logo eingeprägt: das Symbol von *Seven Souls*. Zwei kleine durchsichtige Scheiben liegen darin. Sie haben einen Durchmesser von einem knappen Zentimeter. Allem Anschein nach sind es Kontaktlinsen.

»Ich sage es euch gleich: Mich interessiert die Kohle nicht. Den Gewinn, sofern ihr es wirklich schafft, könnt ihr behalten. Setzt euch irgendwo hin, mich macht das nervös, wenn ihr rumsteht und von einem Bein aufs andere tippelt wie Grundschüler, die mal müssen.«

Rebel und Hunter nehmen den zum Sofa passenden Sessel. Hunter setzt sich auf die Lehne und legt einen Arm um Rebel. Sie stößt ihn weg. »Lass das«, zischt sie.

Jaden und Joey bleiben auf ihren Plätzen an den Monitoren. Maggie ist die Einzige, die stehen bleibt. Sie lässt sich nicht gerne sagen, wo und wie sie rumhängen oder rumstehen soll. Die Punkerin wirft ihr einen Blick zu und zieht eine Augenbraue hoch. Maggie hält dem Blick stand.

»Hört mir genau zu. Ich habe keine Lust, alles zweimal zu erklären. Wenn auch nur ein Wörtchen von dem, was ich euch sage, nach draußen dringt, seid ihr dran. Das muss euch klar sein.«

Hunter holt Luft, aber Rebel legt die Hand auf sein Knie. Er schweigt.

»Also, die Auserwählten der ersten Challenge werden an einen unbekannten, völlig abgeschiedenen Ort gebracht und spielen dort weiter. So einfach ist das. Das, was ihr hier virtuell spielt, wird dort Wirklichkeit.«

Joey runzelt die Stirn. »Dann muss es eine Insel sein! Klar, oder?«

Jaden wird plötzlich hektisch. Er wühlt in den Schubladen eines Wandschranks herum, bis er einen zerfledderten Block und einen Stift findet. Eilig kritzelt er Buchstaben und Zeichen und kleine Skizzen darauf. In unglaublichem Tempo füllt er mehrere Seiten.

»Was machst du da?«, flüstert Maggie.

»Die Kammer … der Code … Wenn es eine Insel ist, spielt natürlich Wasser eine Rolle, ich Idiot! Die Elemente müssen …« Er beißt sich auf die Lippen und kritzelt immer schneller.

Joey beachtet Jadens Gekritzel nicht, sieht die Punkerin aber immer noch erwartungsvoll an.

Die Punkerin winkt ab. »Klar ist gar nichts, aber da alle mit einem Schiff hingebracht werden, könnte dieses Gerücht stimmen. Eines allerdings ist sicher: Dort geht es ums Ganze. Und falls ihr euch noch ans echte Leben erinnert, wisst ihr, dass man da keine Zusatz-Leben und keinen Bonus hierfür und dafür hat. Wenn du von einer Klippe stürzt und dir das Genick brichst – Exitus. Wenn du eine Giftschlange mit einer Blindschleiche verwechselst – Exitus.«

»Woher weiß sie das?«, flüstert Joey Rebel zu.

Maggie kann sich ein Schmunzeln nicht verkneifen, denn sie hat begriffen, warum Joey nun so fassungslos aus der Wäsche guckt. Er hat in der zweiten Woche der Challenge eine von den sieben Seelen, die jeder im Spiel hat, verloren und wollte keinem erzählen, wie es passiert ist. Flora und Fauna waren noch nie sein Ding, und wahrscheinlich hatte es mit einer Schlange zu tun.

Aber wie kommt die Frau oder das Mädchen – Maggie ist sich unsicher, was ihr Alter angeht – an die Informationen? Woher hat sie die Kontaktlinsen und den restlichen Kram, den sie ihnen zeigt? Welche Ziele verfolgt sie? Was hat sie von der ganzen Sache, wenn es ihr nicht ums Geld geht?

Maggie weiß, dass Menschen, die sich nicht für Geld interessieren, gefährlicher sind als andere. Für Geld würde so mancher alles tun. Aber Geld ist immer nur das Mittel zum Zweck. Wem das Geld schnurzegal ist, der ist einen Schritt weiter. Der hat nur noch den Zweck im Auge, und dann geht es meistens um die wirklich fiesen Dinge.

Die Punkerin zwinkert Maggie zu, spricht dann aber schnell weiter. »Niemand weiß, wo dieser Ort ist, alles ist abgeschirmt, aber trotzdem ist die ganze Welt dabei.«

»Reality-TV«, sagt Rebel. »Kameras überall, und alle gucken zu, wie sich die Gamer zum Affen machen. *Love Island* und so.«

»Woher kennst du *Love Island*?«, fragt Jaden. »Ich denke, du verachtest Leute, die so etwas gucken?«

»Boah, ihr seid echt anstrengend«, sagt die Punkerin. »Ich wundere mich, dass ihr im Spiel so gut miteinander vorankommt. – Nein, es gibt keine Kameras und auch keine TV-Producer oder Redakteurinnen, nicht einmal jemanden, der euch euer Porridge anrührt.«

Jaden ernährt sich fast nur von solchem Haferschleim. Sie weiß wirklich alles, denkt Maggie.

»Die Spielerinnen und Spieler selbst sind die Kamera oder, besser gesagt, ihre Augen. Oder noch genauer: diese Kontaktlinsen in ihren Augen.« Sie zeigt auf die etwas größere der beiden runden Dinger in dem Kistchen. »Die linke Linse hat ein Mikrofon und einen Sender. Sehr leistungsstark, wenn ein Satellit von Milton Defense Industries es anpeilen kann. Da Milton drei davon besitzt, also immer.«

»Von MDI? Cool, die stellen den ganz heißen Scheiß her«, entfährt es Hunter. »Kann ich das ausprobieren?«

»Klar«, sagt die Punkerin.

Mit so etwas kriegt man Hunter, denkt Maggie. MDI ist einer der übelsten Rüstungskonzerne, so viel weiß sie. Vielleicht sollte sie doch noch aus diesem Spiel aussteigen.

Nach einigem Gewurstel ist die Linse endlich in Hunters rechtem Auge.

Die Punkerin zückt ihr Smartphone und tippt einen Code ein. »Der Empfang reicht so gerade eben.« Sie hält Hunter das Gerät vor die Nase.

»Das könnte ja auch die Kamera im Smartphone sein«, sagt Hunter.

Die Punkerin verdreht die Augen. Sie reicht es Maggie.

»Und?«, fragte sie.

»Wow«, flüstert Maggie.

Auf dem Display erscheint alles, was Hunter sieht. Hunter geht aus dem Zimmer, in die Küche, öffnet die Kühlschranktür.

»Was habe ich in der Hand?«, ruft er herüber.

Eine der Bockwürste, die am Vortag übrig geblieben sind.

Maggie hat so etwas bisher nur in Filmen gesehen.

»Nicht schlecht«, sagt Rebel. Die anderen stimmen ihr zu.

Hunter steht wieder im Zimmer. »Man spürt das Ding kaum.« Im selben Augenblick beginnt sein Auge zu zucken. Es läuft rot an, Äderchen scheinen zu platzen, Hunter stößt einen Schrei aus.

Die Punkerin packt ihn am Schopf und zieht seinen Kopf nach hinten. Mit einer schnellen Handbewegung, bei der ein Finger das Auge offen hält und zwei andere die Linse herausfischen, befreit sie ihn von dem Fremdkörper.

»Ups, das war eine schnelle Reaktion.« Sie lacht.

Hunter verliert die Beherrschung. Er schreit herum, als hätte sie ihm einen Dolch ins Auge gerammt.

»Bleib cool.« Die Punkerin reicht ihm ein kleines weißes Plastikfläschchen. »Ein Tropfen reicht, in zwei Minuten beruhigt sich alles. Die Linsen sind auf die Tränenflüssigkeit eines jeden Einzelnen abgestimmt. Ein Enzym und mehrere Proteine spielen zusammen.«

»Lysozym«, sagt Maggie, mehr zu sich selbst, aber alle schauen sie erstaunt an. »Schützt das Auge vor Infektionen«, fügt sie noch hinzu.

»Ganz genau«, sagt die Punkerin. »Willst du Augenärztin werden?« Sie lächelt.

Maggie gefällt das Lächeln. Zwei- oder dreimal hat sie

bisher so gelächelt, und zwar immer nur, wenn sie Maggie angeschaut hat. Versucht sie gerade, mich einzulullen?, fragt Maggie sich.

»Das ist eine Sicherheitsmaßnahme. Damit niemand, der nicht befugt ist, sich eins von den Dingern ins Auge packen kann.«

Joey schaut auf die Uhr.

»Ich weiß«, sagt die Punkerin. »Ihr müsst wieder ins Spiel. Da bin ich sehr dafür, denn bei einem kann ich euch nicht helfen, nämlich ins nächste Level zu kommen und damit in die Gruppe der Auserwählten.«

Sie holt ein kleines Paket aus dem Rucksack. Darin befindet sich eine blaue Plastikbox, die sie ebenfalls öffnet. Fünf Reagenzröhrchen kommen zum Vorschein, zwei Fläschchen mit Flüssigkeiten, dazu ein paar steril verpackte Wattestäbchen, wie Maggie sie noch aus der Zeit kennt, als man wegen dieses Virus dauernd solche Dinger in die Nase stecken und sich testen musste.

»Ein, zwei Tropfen ins Auge, ein paarmal blinzeln, mit dem Wattestäbchen Tränenflüssigkeit aufsaugen, Stäbchen in die Reagenzdinger, zuschrauben«, leiert sie herunter.

Sie kramt ihre Sachen zusammen und bewegt sich durch den Raum zur Tür, wo Maggie immer noch steht. Sie verharrt. Wieder dieses Lächeln. »Es ist alles vorbereitet. Eure Entscheidung«, sagt die Punkerin. »Ihr schafft es auf keinen Fall auf das Schiff – ohne meine Hilfe. Ich warte draußen auf die Proben. Damit fertige ich die auf euch abgestimmten Linsen an.«

Sie lässt die Gruppe ratlos zurück. Maggie sieht den anderen an, dass sie genau dasselbe denken wie sie: Keiner hat sich vernünftige Gedanken darüber gemacht, wie sie auf dieses Schiff kommen. Irgendwie hat sie das wie in einen Rausch versetzt.

Erst einmal alle Level bestehen, bis man ins Finale kommt, erst einmal alle Level, alle Level, alle Level überleben – das war das Mantra, das sie sich immer wieder vorgebetet haben.

»Kommt schon.« Hunter regt sich als Erster. »Wir haben nichts zu verlieren.« Er öffnet eines der Röhrchen und macht es genau wie von der Punkerin verlangt.

Die Punkerin sammelt die Röhrchen ein, verstaut alles wieder sicher und verabschiedet sich. »Ich bin am Abend wieder zurück. Haltet euch bereit, ich schicke eine Nachricht.«

DER WÄCHTER

Das ist eine interessante Entwicklung. Wer selbst Gamer ist und Strategiespiele mag, behält jetzt leichter den Überblick. Jede Zeile, jedes Wort zählt. Auch wenn scheinbar Unsinn passiert. Eltern mögen es nicht, wenn ihre Kinder zocken, aber Zocker haben anderen durchaus auch etwas voraus. Manchmal sogar eine Menge.

Wer ist diese Punkerin? Ich habe nichts mit ihr zu tun, das steht fest.

Die Punkerin beunruhigt mich ein wenig. Ich weiß nicht, wer sie ist, und ich weiß nicht, woher sie kommt. Was sie vorhat, weiß ich auch nicht. Sie sieht Lucy auffällig ähnlich, aber Lucy ist nicht mehr als ein Avatar, eine animierte Stewardess oder wie man das heute nennt, und sie kann an dieser Stelle noch keine Rolle spielen.

Dass die Punkerin im Besitz dieser Kontaktlinsen ist, kann nur eines bedeuten: Sie gehört zum engeren Kreis der Leute, die etwas mit der Entwicklung von Seven Souls *zu tun haben. Vielleicht wurde sie aus dem Unter-*

nehmen geworfen, dann sollte es kein Problem sein, ihre Identität zu enthüllen.

Wenn Milton und sein Netz von ihr erfahren und sie schnappen, bedeutet das ihr Aus. Er wird sie fertigmachen für den Rest ihres Lebens, wenn sie nicht das auch verliert – ihr Leben. Er duldet so etwas nicht. Dafür geht es um zu viel.

Mit der Hilfe der Punkerin erhöhen sich die Chancen der Kids enorm, daran besteht kein Zweifel.

Ich könnte sie aus dem Spiel nehmen.

DISQUALIFIED.

Ich denke darüber nach.

JOEY

Joeys Mutter hat sich in der letzten Zeit darüber beschwert, dass sie ihn so selten sieht. Er hat sich rausgeredet und sie auf die Ferien vertröstet, die in der kommenden Woche beginnen.

Sie kapiert nicht so ganz, dass Joey schon lange in dem Alter ist, in dem man eher selten mit seinen Eltern Spaß hat. Spaß ist in ihrem Leben sowieso seit der Scheidung ein Fremdwort. War es vielleicht vorher auch schon, aber sie haben versucht, ihn das möglichst wenig spüren zu lassen. Aber seit sein Vater sich nicht einmal mehr zu Weihnachten meldet, weiß er ziemlich genau, dass er ihm egal ist.

Joey hat eine kleine Pause gemacht, sich irgendwo auf einen umgekippten Baumstamm gesetzt und einfach nur in den Wald gestarrt. Als er zurück ins Forsthaus kommt, sieht die Lage gut aus.

»Wir liegen ziemlich weit vorne«, sagt Maggie. »Also, nicht ganz vorne, aber ziemlich weit vorne.«

»Wie weit?«, drängt Joey.

»Weit genug. Es muss reichen.«

»Du weißt nicht, wie sich am Ende die Bonuspunkte auswirken. Wer sogar einen Shooter eingesackt hat, kann alles ziemlich durcheinanderbringen. Was sagst du zu der Punkerin?«

Maggie zuckt die Achseln.

»Ich würde gerne wissen, wie sie diese Linsen herstellen. Ein Hammer, die Dinger sehen aus wie ganz normale Kontaktlinsen.«

»Bist du sicher, dass wir das durchziehen sollen?«, fragt Maggie.

Joey fragt sich, was ihr durch den Kopf geht. In ihren Augen kann er es nicht erkennen. Das ist ihm an Maggie schon einmal aufgefallen. Ihre Augen sprechen nie mit. Der immer gleiche, verschleierte Ausdruck. Er zuckt nur mit den Achseln. Mal abwarten, was noch kommt, denkt er.

»Dieser ganze Aufwand, die Geheimniskrämerei. Alle Medien sind voll davon, als ginge es um ein neues Raketensystem im All oder so etwas. Aber was soll das bringen?«

»Hey, ein bisschen Kohle können wir alle brauchen. Na ja, außer dir.«

Maggie verdreht die Augen. »Mein Dad hat Geld, nicht ich. Und ich will von ihm auch keins. Außerdem geht es nicht um ein bisschen Kohle, sondern um mörderviel. Auch für mich.«

Joey kennt diese Sprüche von Maggie schon, und sie nerven ihn. »Das sagen nur Leute, die sich nie um etwas Sorgen machen mussten.« Zum Beispiel womit sie die neue Waschmaschine bezahlen sollen, weil die alte den Geist endgültig aufgegeben hat, denkt er, behält es aber lieber für sich. »Der Gewinn ist eine Ansage. Dieser Milton und seine Firmen haben jetzt schon mehr als das Dreifache des Hauptgewinns eingespielt, habe ich gelesen. Nur mit den Werbeeinnahmen bei den TV-Sendern. Wenn er mit der ganzen Sache eigentlich ein neues Produkt wie diese Linsen auf den Markt bringen will, geht es um Milliarden. Also, ich kann ein bisschen Taschengeld gebrauchen.«

»Sieben Millionen sind kein ›bisschen Taschengeld‹. Außerdem geht es Hunter vermutlich nicht um das Geld. Er will es einfach allen zeigen. Und Rebel – keine Ahnung.«

Joey lacht. »Sehr gut. Dann übernehmen Jaden und ich gerne ihren Anteil. Und wenn du das Geld nicht brauchst, deinen dazu.«

Das Signal einer eingehenden Nachricht unterbricht die beiden. Sie zücken ihre Prepaidhandys, die sie nur für ihre gemeinsame Aktion angeschafft haben. Joey öffnet die Nachricht. Er runzelt die Stirn.

Treffen 22 Uhr. Ich komme zu euch.

Maggie findet dieselbe Nachricht auf ihrem Gerät. »Das ist von ihr«, sagt sie.

»Von ihr?«

»Mann, bist du schwer von Begriff. Die Punkerin natürlich.«

»Woher hat sie die Nummern? Von dir?«

»Natürlich nicht«, sagt Maggie.

Joey ist sich unsicher, ob sie sich auf diese Punkerin einlassen sollen. Wenn sie nicht damit herausrückt, was sie eigentlich für ein Spiel treibt, wird er den anderen sagen, dass er gegen die Zusammenarbeit mit ihr ist. Jetzt konzentriert er sich aber erst einmal auf seine Aufgaben im Spiel, bis die Sonne untergeht.

Das Licht verliert sich am Abend in diesem dichten Wald schneller als in der Stadt ohne die unzähligen Lichtquellen, die dort höchstens ein Halbdunkel zulassen. Joey macht eine Pinkelpause, anschließend schiebt er sich irgendein Fertiggericht in die Mikrowelle und geht hinaus auf die Veranda, um es zu verschlingen. Die Außenlaterne auf der vorderen Veranda brennt nicht. Sie hilft einem sonst, die Lichtung auch um diese Uhrzeit noch zu finden. Er drückt ein paarmal den Schalter. Nichts. Kein Licht.

Ein Geräusch in der Ecke der Veranda lässt Joey zusammenzucken. Der alte Schaukelstuhl gibt dieses Knarzen von sich, wenn man damit wippt. Hunter sitzt darin.

»Birne kaputt«, sagt er. »Hab nirgendwo Ersatz gefunden.«

»Soll ich dir auch was in die Mikrowelle schieben?«, fragt Joey.

»Ich weiß nicht, wie du diesen Mist runterkriegst«, sagt Hunter.

Joey hat keinen Bock, über seine Essgewohnheiten zu reden. Er weiß selbst, dass er sich ziemlich oft von Junkfood ernährt und dass es ihm nicht guttut. »Das Level hat es wirklich in sich. Aber wir sind safe, Alter, wir müssen safe sein. Hab es heute noch einmal auf vierzehn Bonus-Hits gebracht. Einen Shooter schaffen wir wohl nicht mehr.«

»Solange wir nicht wissen, mit welchem Faktor sie belegt sind, nützt das gar nichts.«

»Du bist ein Schwarzseher.«

»Bin ich nicht. – Ist die Punkerin schon da?«

»Nein.«

Joey sieht kurz darauf zuerst den Lichtschein, der zwischen den Bäumen aufflammt. Es ist noch ein kleiner heller Punkt, der sich jedoch schnell nähert. Dann hört er das Knattern.

210
200
190
180
170
140
130
120
110
100
90
80
70
60
50
40
30
20
10
0

HUNTER

»Aha«, sagt Hunter.

»Das wird sie sein«, sagt Joey.

Zwei Minuten später wirft der Scheinwerfer einer Cross-Maschine einen Streifen Licht auf den freien Platz vor dem Haus. Die Fahrerin lässt den Motor noch einmal aufheulen, der Sound erstirbt, das Licht verlischt. Sie springt ab und bockt die Enduro auf den Ständer. In ihrer schwarzen Lederkombi verschwindet die Gestalt fast vollständig in der Dunkelheit.

»Lauschiges Plätzchen«, tönt es gedämpft aus dem Helm hervor, den sie jetzt absetzt und an den Lenker der Maschine hängt.

Drinnen bellt der Hund. Die Punkerin, Joey und Hunter gehen ins Wohnzimmer, wo sie auf Rebel, Maggie und Jaden an den Laptops treffen.

»Es riecht wie in einem Raubtierkäfig.« Die Punkerin verzieht die Nase und öffnet ein Fenster.

Kühle feuchte Nachtluft strömt herein. Hunter saugt sie auf, füllt seine Lungen damit. Das mag er hier draußen.

Ein Schrei reißt ihn aus diesen Gedanken. Ein Schrei, simultan aus vier Kehlen. Hunter dreht sich um und sieht, wie Rebel, Maggie und Jaden sich die Kopfhörer von den Ohren zerren. Mit ein paar schnellen Schritten steht er hinter Rebel – und starrt auf ihren Monitor. Blankes Entsetzen breitet sich in ihm aus.

»Was soll der Scheiß?«, brüllt Hunter. »Was habt ihr gemacht?«

»Was ist passiert?«, fragt Joey. Er schiebt Hunter zur Seite, um auch sehen zu können, was Hunter auf dem Bildschirm sieht.

Ein rotes Warndreieck. Ein Wort in der Mitte.

DISQUALIFIED.

Rot. Blinkend. Disqualifiziert. Raus aus dem Rennen.

»Das kann nicht sein«, ruft Rebel aus.

»Habt ihr gegen eins der Gebote verstoßen?«, fragt Joey.

Alle schauen auf den Zettel, den Joey ganz am Anfang an den goldenen Rahmen des kitschigen Gemäldes über dem Sofa gepinnt hat. In dicken schwarzen Großbuchstaben steht dort *Die Zehn Gebote!* Und dann folgen die Regeln, gegen die man auf keinen Fall verstoßen darf. Man bekommt eine, dann eine zweite Verwarnung, wenn man es doch tut. Bei der dritten Gelben Karte ist Schluss. Rot. Runter vom Platz. Unwiderruflich.

»Nein, niemals.« Maggies Stimme bebt, wird dünn und hoch, wie immer, wenn sie sich aufregt. »Wir hatten nicht einmal eine Verwarnung, keine einzige in der ganzen Zeit.« Sie tippt hektisch herum, versucht die Kontoeinstellungen ihres Accounts zu öffnen.

»Gesperrt«, murmelt Jaden.

Die Punkerin sitzt völlig gelassen da. »Ihr habt einen Wächter auf euch aufmerksam gemacht. Die müssen nicht begründen, warum sie jemanden rausschmeißen. Ein Verdacht reicht, und ihr schleppt einen Verdacht hinter euch her, der ist größer als das Empire State Building«, sagt sie. »Pech gehabt.«

Damit löst sie einen Tobsuchtsanfall bei Hunter aus. Rebel und Joey brauchen alle Kraft, um ihn davon abzuhalten, zuerst auf die Geräte und dann auf die Punkerin loszugehen.

Währenddessen geht die Punkerin zum Fenster und stellt einen kleinen schwarzen Kasten, ungefähr so groß wie eine Packung Kaffee, auf die Fensterbank. Ein paar Kontrolllämpchen leuchten zuerst rot, dann grün auf.

»Für alle Fälle«, sagt sie. »Ein Störsender. Im Umkreis von drei Kilometern wird jetzt restlos alles, was gefunkt oder empfangen werden könnte, zusammenbrechen.«

Hunter beruhigt sich. Die Punkerin baut sich vor ihnen auf.

»Reg dich ab, Hunter. Ihr seid drin, in gewisser Weise. Und zwar alle fünf. Ihr habt noch ein paar Tage, um eure neuen Identitäten wenigstens ein bisschen einzuüben. Da euch an Bord der *Soul Saver* niemand kennt, wird das nicht allzu schwierig sein.«

»Was soll der Mist?«, fragt Hunter. »Wir machen den Trip mit? Wie soll das gehen?«

»Alles was ihr dazu wissen müsst, würde ich euch gerne erklären. Wenn ich darf, Hunter.« Zum ersten Mal klingt sie ein bisschen schnippisch. Hunter scheint sie zu nerven.

»Wir hätten es auch so geschafft«, antwortet Hunter darauf.

»Das weiß ich, ihr gehört zu den Besten. Das hätte euch aber nicht geholfen, ihr wärt niemals an Bord gekommen.«

»Lass sie reden«, sagt Rebel und legt eine Hand auf Hunters Schulter.

Das tut sie öfter, diese Berührung, mit der sie scheinbar einen Schalter bei Hunter umlegen kann.

»Danke, Rebel. Ihr müsst nun euren Eltern verklickern, wo ihr die nächsten Tage sein werdet, besser gesagt: Was sie denken sollen, wo ihr seid. Du, Joey, hast dich gemeinsam mit Jaden um ein Stipendium an der Oxford English School beworben. Ihr wurdet angenommen und dürft an einem Intensivkurs in England teilnehmen. Da werden eure Eltern sicher nichts dagegen haben. Die Eurobus-Tickets habt ihr von eurem Taschengeld abgespart.«

»Ich besitze keinen Euro«, sagt Jaden.

»Die 79 Euro liegen natürlich mit allen Unterlagen da drin.« Sie reicht jedem von ihnen einen braunen Umschlag. »Während ihr dort seid, bekommen eure Eltern regelmäßig Nachrichten. Das übernehmen meine Leute. Von der *Soul Saver* geht nichts raus, das gehört zu den Regeln, außerdem werden sie euch sämtliche elektronische Geräte abnehmen.«

»Und was ist mit uns?«, fragt Rebel. Damit meint sie Hunter und sich.

»Ihr fahrt, wie ihr es mal geplant hattet, in das Workcamp nach Kroatien.«

»Verdammt, was jetzt?« Hunter ist wieder auf hundertachtzig. »Du hast gesagt, wir können alle auf dieses beschissene Schiff und…«

»Beruhige dich. Wir haben zwei Leute, die euch ersetzen. Ihr seid die Einzigen aus Berlin, die an der Kroatienfahrt teilnehmen. Euch kennt niemand, und wenn zwei Leute auftauchen, die vorbildlich in der Kinderbetreuung mitarbeiten, werden alle glücklich sein. Maggie, bei dir gehe ich davon aus, dass du das mit deinen Eltern selbst klärst. Das bekommst du hin, oder?«

»Ich sollte sowieso in unser Haus in Südfrankreich fahren. Aber erst zwei Wochen später. Ich war letztes Jahr auch schon eine Woche alleine da.«

»Habt ihr dort Personal?«

»Nur Monsieur Fleurôt, der übers Jahr nach dem Garten sieht. Er ist über achtzig Jahre und bekommt mittlerweile eine Menge durcheinander. Ich glaube, ich kriege das hin.«

»Gut. Ihr findet gleich auf euren Smartphones die Dossiers mit den Legenden zu eurer neuen Identität. Ihr werdet völlig neue Menschen, nicht schlecht, oder?«

DER WÄCHTER

Die Punkerin darf ich nicht unterschätzen. Anfangs dachte ich, dass sie alleine arbeitet, aber das stimmt augenscheinlich nicht. Die Aktion ist größer, als ich erwartet hatte. Sie will diese Kids also mit falschen Identitäten an Bord der Soul Saver *schleusen.*

Aber ich durchschaue noch nicht ihre Motive. Wahrscheinlich arbeitet sie mit den Aktivisten von Free your Soul *zusammen. Im Vergleich zur Punkerin sind das aber harmlose Motten, die sich irgendwann am heißen Licht die Flügel verbrennen. Die Leute von* FyS *wollen die Menschheit vor den ach so bösen Daten-Kraken wie Milton bewahren, was sowieso ein unmögliches Unterfangen ist.*

Die Technologie, die hinter den Linsen steckt, kann es nicht sein. Die hat sie schon, oder zumindest hat sie Zugriff darauf. Ich muss bald entscheiden, ob ich die Sache auffliegen lasse. Die Kids sind zu jung. Was sie erwartet, ist kein Spiel.

DIE MORNING SHOW AUF MTL PLUS

Breaking News – live aus dem Hamburger Hafen

»Hallo und guten Morgen aus dem *MTL Plus*-Sendezentrum in Köln. Ich bin Marco Loibl. Meine Kollegin Fernanda Gomez sitzt heute nicht hier im Studio, sondern wartet im Hamburger Hafen darauf, dass wir zu ihr schalten. Fernanda, gib bitte ein Lebenszeichen von dir!«

»Hallo, Marco, da bin ich endlich. Die Sicherheitschecks hier sind unglaublich, es hat ewig gedauert, bis mein Kamerateam durch die Kontrollen gekommen ist, aber jetzt sind wir bereit für deine Fragen.«

»Fernanda, es heißt, der gesamte Pier 9 sei weiträumig abgesperrt.«

»Ja, und nicht nur das. Dabei ist heute nur die Pressekonferenz, richtig los geht es ja erst morgen. Unser Boss hat sich diese ganze Aktion einiges kosten lassen, und man munkelt, dass er auch irgendwo hier herumschwirrt. Es herrscht schon seit zwei Tagen ein Flugverbot für Drohnen über dem gesamten Hafen. Wir sind der einzige Kanal, der dieses Ereignis begleiten darf. Online-Dienste, Social-Media-Kanäle – alle sind ausgeschlossen.«

»Für die Zuschauer, die es noch nicht wissen, sollten wir vielleicht klarstellen: ›Unser Boss‹ ist Rupert Milton, dem weltweit diverse TV-Sender sowie ein paar Hundert andere Firmen gehören. Mobilfunkgesellschaften, Smartphonehersteller, zwei oder drei eigene Satelliten und natürlich die *Seven Souls*-App. Wenn ich alles aufzähle, würden wir übergangslos an die Abendnachrichten abgeben.«

»So ist es, Marco. Niemand weiß, wer an Bord der *Soul Saver* gehen wird. Einige Gerüchte gibt es natürlich, weil Zocker und Reporter aus allen Ländern der Welt seit Wochen Jagd auf diejenigen machen, die sich im Ranking nach oben gearbeitet haben.«

»Bitte erkläre uns kurz, was hinter der Sache steckt. Was musste man tun, um mit diesem Schiff in See zu stechen und vielleicht mit sieben Millionen Euro zurückzukommen?«

»Das Spiel basiert darauf, dass sich mehr oder weniger jeder ein eigenes Spiel kreiert. Ganz einfach: Du legst deinen Account in einer App an, hinter der eine sensationelle neue künstliche Intelligenz steht. Sie liest sozusagen deine Persönlichkeit aus und gestaltet daraus deinen Spielaufbau, bildet eigenständige Szenarien und verknüpft diese mit der von anderen Spielerinnen und Spielern. Erst im letzten Level treffen alle zusammen.«

»Fernanda, es heißt, dass für diese Supermaschine nur dreihundert Likes und Kommentare auf TikTok, Insta oder Facebook ausreichen, um ein perfektes Profil von dir zu erstellen und deine Spielaktionen in *Seven Souls* so extrem individuell zu gestalten.«

»So ist es, Marco. Das ist die Sensation an diesem Spiel. Früher gab es in den Games einen vorgegebenen Spielaufbau, verschiedene Levels, Figuren, Spielorte und so weiter, die alle Nutzer mehr oder minder in gleicher Form durchlaufen. Jetzt spielt jeder ein vollständig auf die eigene Persönlichkeit zugeschnittenes Spiel, es verwebt sich sozusagen mit deiner Wirklichkeit.«

»Und erst im letzten Level treffen alle Mitspieler zusammen?«

»Richtig. Allerdings sind jetzt schon nur noch ein Bruchteil der ursprünglich gemeldeten Teilnehmerinnen und Teilnehmer im Rennen. Wie viele es bis ins letzte Level geschafft haben, weiß keiner. Nach unbestätigten Informationen aus der Hacker-Szene sind nur ein oder zwei Dutzend bis Level sieben gekommen. Es ist davon auszugehen, dass anfangs weltweit mehr als eine Milliarde Userinnen und User eingestiegen sind. Rupert Milton hat es geschafft, dass dieses Spiel rund um den Globus in aller Munde ist. Der Rapper Mayne T soll sogar zehn Millionen Dollar für einen Platz in der Endrunde geboten haben.«

»Und was wird die Glücklichen, die die *Soul Saver* besteigen werden, an ihrem Ziel erwarten?«

»Niemand weiß es. Nicht einmal, wohin die Reise geht, ist bekannt.«

»Fernanda, bevor wir gleich zu den Nachrichten schalten, sag uns noch ein paar Worte zu den Gerüchten über geplante Sabotageaktionen gegen dieses Mega-Endspiel von *Seven Souls*.«

»Gut, dass du mich darauf ansprichst. Das Hackernetzwerk *Free your Soul* versucht seit Monaten den zentralen Server der App zu knacken. Die Hacker wollen beweisen, dass Milton mit dem Spiel in einem bislang beispiellosen Ausmaß Daten sammelt. Ihrer Meinung nach begibt sich, wer *Seven Souls* spielt, voll und ganz in die Hand des Konzerns, und niemand, wirklich absolut niemand könne das mehr kontrollieren. Milton nutzt ausschließlich eigene Infrastrukturen: Die Daten werden im eigenen Mobilfunknetz über den eigenen Satelliten übertragen und so weiter.«

»Vielen Dank, Fernanda. Wir schalten später noch einmal zu dir und sind morgen natürlich live dabei, wenn die *Soul Saver* ablegt.«

NOCH FÜNF TAGE

WER NICHT WAGT,
DER NICHT GEWINNT.

MAGGIE

Maggie hat sich gefragt, ob alle zum vereinbarten Treffpunkt kommen werden.

Die Antwort ist Ja.

Jaden ist wie immer zu spät, aber nun stehen sie alle da. Kleines Gepäck, nur das, was nötig war, um den Eindruck zu erwecken, dass sie auf die Reise gehen, die sie zu Hause vorgegaukelt haben. Hunter hat seine Gitarre dabei, weil er die immer zu den Ferienfahrten mitnimmt. Er spielt eigentlich kaum noch darauf.

Die Bushaltestelle, zu der die Punkerin sie zitiert hat, liegt etwas außerhalb. Es ist nicht mehr weit bis zur Autobahn Richtung Hamburg. In den meisten Fabrikhallen, die sich hier aneinanderreihen, ist schon Feierabend. Der Park-and-ride-Platz ist fast leer.

Ein schwarzer Van der Luxusklasse mit getönten Scheiben stoppt. Auf den Seitentüren erkennt Maggie einen Schriftzug. *Imperial Limousinen Service rund um die Uhr* steht dort in geschwungenen Buchstaben über einer Telefonnummer. Hinter dem Steuer ein Mann im schlecht sitzenden Anzug. Auf dem Beifahrersitz eine Gestalt, die Maggie erst auf den zweiten Blick erkennt: die Punkerin. Allerdings hat sie nicht mehr viel von einer Punkerin. Sie trägt ein dunkelblaues Kostüm über einer strengen weißen Bluse. Am Revers der Jacke eine Anstecknadel: das *Seven Souls*-Logo. Der Irokesenschnitt ist verschwunden. Sie trägt jetzt raspelkurze Haare und große goldene Kreolen in den Ohren.

Alle steigen ein, und der Fahrer lenkt den Wagen auf die Autobahn. Es wird nicht viel geredet. Hunter macht eine Bemerkung zum neuen Outfit, ansonsten herrscht Stille während der Fahrt.

Der Fahrer setzt kurz hinter dem Autobahnkreuz Schwerin den Blinker und steuert den schwarzen Van auf einen einsamen Parkplatz. Er hält erst in der letzten Bucht, wenige Meter bevor es wieder auf die Beschleunigungsspur zur A24 geht. Hunter und Rebel schlafen auf der hinteren Bank. Jaden hört mit seinem überdimensionierten Kopfhörer Musik. Maggie fällt in diesem Moment auf, dass sie keine Ahnung hat, was Jaden da immer hört.

»Ich muss pinkeln. Kann ich mal raus?«, fragt Joey.

»Nicht jetzt«, antwortet die Punkerin. »Ihr bleibt im Wagen.«

So stehen sie eine Weile. Ein roter Pkw fährt vorbei

und fädelt wieder in den Verkehr ein. Ein klappriger Lieferwagen, dessen Aufschrift verspricht, dass der Notdienst sieben Tage die Woche 24 Stunden am Tag innerhalb von 15 Minuten zur Stelle ist. Für welche Notfälle, bleibt Maggie verborgen. Dieser Teil wurde übermalt.

Das Smartphone der Punkerin vibriert. Sie liest die Nachricht und nickt dem Fahrer zu. Der steigt aus, umrundet das Fahrzeug und macht sich von außen an den Seitentüren zu schaffen.

Maggie reckt den Kopf ein wenig, um besser zu sehen, was er dort tut. Er macht sich an der Seitentür zu schaffen, braucht ein paar Sekunden und zieht dann eine Folie ab. Der Schriftzug des Limousinen-Service verschwindet, und das *Seven Souls*-Logo kommt darunter zum Vorschein.

»Was ist los?«, fragt Jaden zu laut, weil er den Kopfhörer nicht abgenommen hat.

Hunter und Rebel wachen auf. »Sind wir da?«, fragt Rebel.

»Bald«, antwortet die Punkerin, die jetzt keine mehr ist.

»Muss pissen«, sagt Hunter und fragt gar nicht erst. Er drückt die automatische Verriegelung. Sofort öffnet sich die seitliche Schiebetür leise surrend. Die Punkerin will ihn zurückhalten, aber es ist zu spät. Hunter springt schon hinaus und rennt über den kleinen Grünstreifen zwischen zwei Betonbänken zum Zaun am Rand des Parkplatzes.

Kaum sitzt Hunter wieder im Auto, sieht Maggie einen zweiten schwarzen Van heranfahren, scheinbar eine Kopie des Autos, in dem sie selbst hierhergekommen sind. Sofort gerät der Fahrer ihres Wagens in Bewegung. Er klebt die Folien, die er gerade von ihrem Van entfernt hat, auf die Seitentüren des direkt neben ihnen angekommenen Autos. Dort verschwindet das *Seven Souls*-Logo unter dem *Imperial*-Schriftzug. Die Punkerin geht zum Kofferraum. Sie nimmt zwei Taschen heraus und verstaut sie in ihrem Van.

Die ganze Aktion dauert keine fünf Minuten, dann befinden sie sich wieder auf der Weiterfahrt durch den abendlichen Verkehr. Der zweite Van bleibt zurück.

Maggie versucht, sich einen Reim auf die Sache zu machen, aber es gelingt ihr nicht. Nur so viel ist klar: Der Van, in dem sie sitzen, fährt jetzt unter dem *Seven Souls*-Logo. Aber was war in den Taschen? Warum mussten die Fahrzeuge ausgetauscht werden?

Maggie hat kein gutes Gefühl bei der ganzen Sache. Zu viele Fragen ohne Antworten und zu viele Lügen.

Lügen ist nicht ihr Ding, ist es noch nie gewesen. Maggie konnte schon als kleines Kind nicht flunkern, wenn es darum ging, wer die Wand im Wohnzimmer mit dem Lippenstift ihrer Mutter in ein wunderschönes Gemälde verwandelt oder das ganze Glas Nougatcreme leer geschleckt hatte. Damals war die Lüge ziemlich offensichtlich gewesen, weil sie sich das süße Zeug über das ganze Gesicht verteilt hatte, wie Vierjährige nun mal so ein Glas leeren.

Es gibt wenig strenge Regeln in ihrer Familie. Einige in der Verwandtschaft betrachten das als ein Zeichen von Gleichgültigkeit ihrer Eltern, aber nur hinter vorgehaltener Hand, weil es sich am Ende doch niemand mit ihnen verderben will. Eine dieser wenigen Regeln ist jedoch, die Wahrheit zu sagen. Und zwar immer.

Früher ins Haus nach Südfrankreich zu fahren. Lüge. Eine handfeste Lüge, die wahrscheinlich bald auffliegen wird. Das ist fast wie Nougatcreme im Gesicht.

»Ich rufe selbst bei Monsieur Fleurôt an, dann kann er schon mal lüften und die Tücher von den Möbeln nehmen.« Lüge. Aber sie weiß, dass ihre Mutter genau das tun würde. Das Haus soll immer bereit sein, sie zu empfangen, kein Mief und kein Staub und am liebsten in allen Räumen Blumengebinde.

Bei dem Anruf hatte sich herausgestellt, dass Monsieur Fleurôt sich einen Oberschenkelhalsbruch zugezogen hat und sein Enkel François sich nun um alles kümmert. Das vereinfacht die ganze Sache, weil sie von François Dinge weiß, von denen sonst niemand etwas wissen darf. Maggie hat ihn mehr oder minder in der Hand. Er wird sie decken, und dann sind sie quitt.

Kurz vor Hamburg biegt der Fahrer noch einmal von der Autobahn ab und steuert einen Autohof an. Es stehen vorwiegend schwere Sattelschlepper auf den Parkplätzen. Ganz am Ende leuchtet über dem letzten Gebäude eine Neon-Reklame: Motel. Die Punkerin bucht und bezahlt mehrere Zimmer.

»Ich hole euch etwas zu essen«, sagt sie dann. »Irgendwelche Sonderwünsche?«

»Alles außer asiatisch«, sagt Rebel.

»Rebel hat da ein familiäres Trauma«, sagt Hunter mit einem Grinsen.

»Eine Tüte Kartoffelchips wäre schön«, sagt Joey.

Maggie schüttelt den Kopf. Sie möchte sich möglichst bald unter einer Bettdecke verkriechen.

MAGGIE
210
180
170
160
150
140
130
120
110
100
90
80
70
60
50
40
30
20
10
0

JOEY

Der Overall ist mindestens eine Nummer zu klein. Er zwickt unter den Armen und spannt am Bauch. Hunter zieht ihn dauernd auf wegen der paar Pfund, die er zu viel auf die Waage bringt. Kein Wunder, wenn man sein Geld in Kartoffelchips und Limonaden mit Zucker hoch drei investiert, meint Hunter, macht sich aber grundsätzlich als Erster über eine neue Tüte Ruffle Chips hot'n'spicy her.

Wenn wir mit der Sache hier durch sind, fange ich mit Sport an, beschließt Joey und zerrt den Reißverschluss über seinen Bauch hoch bis zum Kragen des Overalls.

Die Punkerin hat jedem von ihnen eines dieser Kleidungsstücke und einen Satz Unterwäsche ausgehändigt. Ihre eigenen Klamotten hat sie einkassiert, was bei Hunter natürlich auf Widerstand gestoßen ist. Zu dem Klamottentausch gehörten nämlich auch die Schuhe. Hunter hat jeden noch so widerlichen Job in seiner Freizeit angenommen und eine Ewigkeit auf seine Sneakers gespart. Es handelte sich um eine Sonderedition, von der es nur ein paar Hundert Exemplare gab.

»Weißt du, wie viele Dixi-Klos ich dafür geputzt habe«, hatte er lautstark gemault, aber die Punkerin war hart geblieben.

Sämtliche private Gegenstände, Uhren, Schmuck, was auch immer, mussten abgegeben werden. »Ihr bekommt alles bei eurer Heimkehr zurück. Mein Gott, du wirst wohl vierzehn Tage auf deine muffigen Turnschuhe verzichten können.«

Nachdem sie getan haben, was von ihnen verlangt wurde, stehen sie alle in einem der Motelzimmer und sind kaum voneinander zu unterscheiden: die blauen Overalls mit dem *Seven Souls*-Zeichen und einer Nummer, klein auf der Brusttasche und groß auf dem Rücken: Joey hat die 8, Jaden die 12, Hunter und Rebel die 17 und die 19, bei Maggie ist es die 23. Fehlt nur noch die Telefonnummer für die Fernsehzuschauer, wie beim Dschungelcamp.

»Ich kann euch schon mal so viel verraten, dass ihr nur noch mit dieser Nummer angesprochen werdet, sobald ihr an Bord seid. Trotzdem hoffe ich, dass ihr euch die Lebensläufe der fünf Mädels und Jungs eingeprägt habt, die wir für euch aus dem Weg geräumt haben.«

Joey schluckt. Maggies Augen weiten sich. Jaden

fragt mit brüchiger Stimme: »Äh … aus dem Weg … geräumt?«

Die Punkerin lacht. »Nicht das, was ihr jetzt denkt. Kurzzeitiger Knock-out. Sie werden sich an fast nichts erinnern, und es wird einige Zeit dauern, bis die Behörden sie identifiziert haben. Sie stammen alle nicht aus Deutschland.«

»Und gleich kommt noch James Bond um die Ecke«, murmelt Rebel.

Hunter kapiert die Ironie in ihren Worten nicht. »James Bond? Warum denn der?«

»Och, Hunter! Weil ich mir vorkomme wie in einem Agentenfilm.«

»Einige eurer Konkurrenten machen wahrscheinlich eine große Nummer aus dem Spiel, aber es ist allen verboten, vorher in irgendeiner Form durchsickern zu lassen, dass sie dabei sind. Ihr verhaltet euch einfach unauffällig. Das solltet ihr doch hinkriegen.«

Da keiner antwortet, fragt sie nach: »Ihr kriegt das hin, Hunter? Ja?«

»Warum fragt sie mich? Was soll das?«

Rebel grinst. »Auf die Idee, dass ausgerechnet du eine große Nummer abziehst, kommt wirklich keiner.«

Dieses Mal versteht Hunter, dass sie ihn mit dieser Bemerkung auf die Schippe nehmen will.

»Klar kriegen wir das hin. Sind keine Idioten«, gibt er zurück und schmollt danach mit vorgeschobener Unterlippe.

»Nach dem Check-in kann ich euch nicht mehr helfen. Falls es Ärger gibt, seid ihr auf euch gestellt. Und falls etwas schiefgeht, müsst ihr schon selbst erklären, warum irgendwo in Brandenburg ein paar Kids mit Gedächtnisschwund gefunden wurden, an deren Stelle nun ihr auf diesem Kahn herumschippert. Und eines steht jetzt schon fest: Sie werden euch fast alles glauben, nur nicht die Wahrheit. Ich wünsche euch viel Erfolg«, fügt sie noch hinzu. Dem Fahrer gibt sie einen Wink.

Der Fahrer überreicht jedem von ihnen eine Maske, die das ganze Gesicht bedeckt. Es sind die weißen Masken mit den sieben Flammen darauf, die die sieben Seelen jedes Spielers symbolisieren. Sie liegen kalt in der Hand, fühlen sich metallisch an, sind jedoch ganz leicht.

Joey hält sie sich vors Gesicht und zuckt zusammen. Das Material der Maske wird weich, es scheint zu pulsieren und schließt sich fest um das Gesicht, fast wie eine zweite Haut. Dann weitet sie sich nach hinten über die Stirn aus und umschließt den ganzen Kopf, auch den Hinterkopf, bis in den Nacken hinab.

Er schaut die anderen an. Da stehen vier blaue Gestalten mit haarlosen, weißen Köpfen, nur noch an ihren

Nummern und vage an der Körpergröße zu unterscheiden.

Maggie stößt einen unterdrückten Schrei aus. Jaden tastet mit beiden Händen seinen Schädel ab. Hunter murmelt etwas von »heißer Scheiß«. Rebel schlägt sich eine Hand auf die Brust. Ihr nächster Atemzug wird von einem tiefen, rauen Rasseln begleitet. Sie saugt die Luft verkrampft und zu schnell ein, beginnt zu husten, als habe sie jemand im Schwimmbad zu häufig und zu lange unter Wasser gedrückt.

»Verdammt«, zischt der Fahrer. »Haben wir was übersehen? Asthma? Allergie?« Seine Hand gleitet in die Tasche seines Jacketts und zieht ein Smartphone hervor. Er öffnet eine App, aber die Punkerin hält ihn zurück.

Hunter springt Rebel zur Seite. Er legt seine Hand auf ihren Rücken. »Geht gleich wieder«, sagt er und wiederholt es ein paarmal. »Ist nichts Schlimmes. Sie hatte als kleines Kind mal einen … einen Unfall mit einer Plastiktüte oder so.«

Rebel fängt sich wieder. Sie sagt kein Wort, sondern hebt nur den Daumen.

»Kann losgehen«, sagt Hunter.

»Wirklich?«, fragt Joey. »Wir müssen nicht …«

»Was weißt du, was wir müssen«, faucht Hunter.

Joey zuckt zusammen. Hunter mault immer viel

herum, spuckt große Töne, auch aggressive Töne. Aber so hat er ihn noch nicht erlebt.

Nach wenigen Minuten haben sich alle beruhigt.

Maggie tastet noch einmal ihren Kopf ab. »Unglaublich«, sagt sie. »Es fühlt sich an, als wäre sie schon immer da gewesen.«

Joey muss ihr zustimmen. Die Maske, die ihren Kopf umschließt, ist wirklich wie eine zweite Haut. Wenn er sich an der Wange kratzt, fühlt er es. Ein Luftzug streicht darüber, kühl und spürbar.

Der Fahrer steckt das Smartphone weg und öffnet die Zimmertür. Der schwarze Van steht direkt vor der hölzernen Veranda, die alle Apartments des Motels miteinander verbindet. Sie müssen nur ein paar Schritte gehen und verschwinden dann hinter den getönten Scheiben des Fahrzeugs.

Aus einem der Motelzimmer ertönt der Jingle einer Fernsehshow. Es ist die Morningshow auf MTL, in der live aus dem Hamburger Hafen gesendet wird.

Die Schiebetür des Vans fährt leise surrend ins Schloss und schneidet dem Moderator das Wort ab.

Als sie am Hafen ankommen, kündigt sich der große Hype schon auf dem letzten Kilometer vor dem Ziel an. Die Zufahrtswege sind beflaggt, alle paar Meter ein Mast mit riesigen Bannern, wo man hinschaut: das

Logo von *Seven Souls*. Übertragungswagen von MTL mit Satellitenschüsseln auf dem Dach, Kameraleute, hinter einer Absperrung eine Reporterin.

Ein Stück weiter, direkt vor dem Eingang eines aus Containern zusammengesetzten Gebäudes auf dem Quai, hält der Van und spuckt sie alle aus.

Ein paar Assistenten nehmen Joey und die anderen in Empfang. »Bitte stellt euch dort links an«, sagt einer. »Bevor ihr an Bord geht, werdet ihr noch einmal gescannt. Nur zur Sicherheit: Keiner trägt irgendwelche Metall-Implantate oder einen Herzschrittmacher?«

»Will der Typ uns verscheißern?«, fragt Hunter. »Echt jetzt: Herzschrittmacher. Ist das hier ein Ausflug mit dem Altersheim?«

»Nummer 17, wir müssen diese Frage stellen. Der Scanner arbeitet mit elektromagnetischen Terahertzwellen, die für Herzschrittmacher eigentlich kein Problem darstellen, aber Sicherheit geht vor.«

»Er hat nur Angst, dass Sie ein Nacktbild von ihm machen«, sagt Jaden.

Hunter kichert und knufft ihn.

»Das passiert natürlich nicht«, sagt der Mann am Empfang.

Vor Joey geht eine Person mit der Nummer 3 auf dem Rücken durch die Schleuse. Der Assistent schaut in seine

Liste und fragt sie etwas in einer fremden Sprache. In Joeys Ohren klingt es wie Japanisch.

Als Hunter den Scanner betritt, leuchtet sofort eine rote Lampe auf. Ein Signalton ertönt. Der Assistent bittet Hunter zu sich. »Ich muss dich kurz in der Kabine abtasten.«

Joey wirft einen Blick auf die Abbildung der nur als Silhouette erkennbaren Figur auf dem Scannerbild. Ungefähr auf Bauchnabelhöhe zeichnet sich an der sonst grauen Gestalt ein schwarzes Rechteck ab.

»Oh nein«, seufzt Joey.

»Bitte weitergehen«, wird er aufgefordert.

HUNTER

Hunter sieht die anderen erst eine ganze Weile später wieder. Er hat versucht, ein Handy an Bord zu schmuggeln, was ihm den ersten Ärger eingehandelt hat.

Hunter wirft sich auf das Bett in Joeys geräumiger Kabine. »Wir sind auf einem verflucht coolen Pott. Das Ding ist nice, aber so was von. Außer den Bildern an den Wänden. In meinem hängt auch so eins. Der Typ malt wie der Kleine von unserer Nachbarin, und der ist vier. Sieh mal, wo die ihre Augen hat.«

»Das ist von Pablo Picasso und im Original vierzig Millionen wert. Dass du es geschafft hast, nicht jetzt schon rauszufliegen, wundert mich«, sagt Maggie.

»Was willst du?«, sagt Rebel. »Er ist sicher nicht der Einzige, der es versucht hat.«

»Wenn man die Regeln aufmerksam gelesen hat, weiß man, dass jeder Versuch zu betrügen zum sofortigen Ausschluss führt«, gibt Maggie zurück.

»Stimmt. Es lagen schon sechs Stück in so einer Plastikwanne. Außerdem war es nur ein uraltes Handy. «

»Hunter, was wolltest du damit auf diesem Schiff?«, fragt Jaden.

»Keine Ahnung. Man weiß nie.«

Maggie verdreht die Augen. »Bei dir weiß man nie, woran man ist. So sieht es aus. Du vermasselst am Ende noch alles.«

»Ach, lass mich doch in Ruhe, Nummer 23. Entspann dich und genieß es. Falls du das kannst. Es ist so krass hier. Alter, allein das Badezimmer in meiner Kabine ist größer als unsere ganze WG in der Boltenstraße. Ich klau auf der Rückfahrt ein paar von den Handtüchern, endlich Schluss mit den brettharten dünnen Dingern zu Hause.«

»Falls wir gewinnen, kannst du dir einen ganzen Laden mit Handtüchern kaufen«, sagt Joey.

»Was heißt hier falls? Wir gewinnen, das ist ja wohl klar«, meint Rebel.

»Es gibt hier Pancakes zum Frühstück, habt ihr das gesehen? Steht auf der Speisekarte. Wir machen ein Battle. Wer die meisten runterkriegt«, sagt Hunter.

Ein Dreiklang, der an die Schulglocke erinnert, unterbricht sie. Eine sonore Männerstimme informiert darüber, dass die *Soul Saver* in dreißig Minuten ablegt. »Bitte suchen Sie jetzt alle umgehend Ihre Kabinen auf. Ich wiederhole: Suchen Sie umgehend die Ihnen zugewiesene Kabine auf. Wir beginnen in Kürze mit der Vorstellung der Sicherheitsvorkehrungen an Bord. Für den erfolgreichen Verlauf Ihrer Teilnahme an diesem Spiel ist es unabdingbar, sich dazu in den eigenen Kabinen aufzuhalten und die persönlichen Instruktionen und Utensilien in Empfang zu nehmen.«

»Instruktionen und Uten-was? Was ist das denn für ein Schnösel?«

»Hunter, tu einfach ein Mal das, was man von dir verlangt, okay?«, sagt Rebel.

Sie verlässt mit Maggie und Jaden die Kabine.

Auch Hunter springt auf, schnappt sich drei Apfelsinen aus dem Obstkorb und bewegt sich mit den Früchten jonglierend zu seiner Kabine.

Er fragt sich immer noch, warum die Punkerin sich nicht selbst irgendwie an Bord dieses unglaublichen Kahns geschmuggelt hat. Sie hat alle fünf mit einer neuen Identität versehen und sie unter falschen Namen eingecheckt. Angesichts des ganzen Hypes um die Auswahl der Leute, die teilnehmen dürfen, wundert er sich, wie sie das hingekriegt hat.

Aber sie hat ihnen nicht gesagt, was sie wirklich von ihnen will. Den Mund sollen sie halten. Nicht auffliegen. Einfach alles mitmachen, was die anderen machen, was die Crew von ihnen verlangt. Am Ende haben sie dann auch alle mitgemacht, sogar Maggie.

Als sie rausgeflogen sind und ihr Account gesperrt wurde, hat die Punkerin das Entsetzen in ihren Gesichtern ein paar Minuten genossen. Bei aller Aufregung hat Hunter das genau registriert.

Ein Gong dröhnt durch die Kabine.

»Herzlich willkommen, liebe Teilnehmerinnen und Teilnehmer«, erklingt die Stimme eines Ansagers. »Bevor ich Sie durch das weitere Programm und die Sicherheitsvorkehrungen führe, darf ich Ihnen unseren Gastgeber, der ein paar Worte an Sie richten möchte, vorstellen. Hier ist Rupert Milton.«

In diesem Moment verschwindet das Gemälde von Pablo Picasso aus dem goldenen Rahmen. Er entpuppt sich als Bildschirm: Statt der Frau mit den versetzten Augen erscheint ein ältlicher Herr mit Halbglatze. Seine Augen versteckt er hinter einer Sonnenbrille mit kleinen runden Gläsern. Er sitzt an einem wuchtigen Schreibtisch, an der Wand hinter ihm hängt ein Gemälde, das denen in ihren Kabinen ähnelt. Hunter hatte sich von diesem Milton bisher kein Bild gemacht, warum auch. Bis die Sache mit dem Spiel und dem irren Gewinn ihn auf den Unternehmer aufmerksam gemacht hatte. Sein ganzes Auftreten und seine Statur passen nicht zu Hunters Vorstellung von einem Mann, der so unfassbar reich und wahrscheinlich auch mächtig ist.

Milton räuspert sich und beginnt zu sprechen: »Willkommen auf der *Soul Saver*. Ich gratuliere allen, die es geschafft haben, die Mindestpunktzahl zu erreichen, den Gesundheitscheck und den psychologischen Test zu überstehen, und nun Teil dieser aufregenden und sicher sehr spannenden Reise sein können. Die *Soul Saver* ist ein einzigartiges Schiff, dessen könnt ihr gewiss sein. Auf den ersten Blick überwältigt der Luxus, der euch überall begegnet, weil die *Soul Saver* nach dieser Jungfernfahrt für Kreuzfahrten der absoluten Premiumklasse eingesetzt werden wird.

Die wirkliche Einzigartigkeit besteht jedoch darin, dass sie – wie alle Produkte aus dem Hause Milton – nicht nur den neuesten Stand der Technik repräsentiert, sondern auch in allen anderen Bereichen neue Maßstäbe setzt. Die *Soul Saver* ist ein völlig autonomes System, das weitgehend autark und ohne den Einsatz von menschlichen Arbeitskräften Seereisen von mehreren Monaten ermöglichen könnte. Jeder Millimeter der Jacht ist nicht nur klimaneutral entstanden, nein, mit jeder Seemeile, die sie zurücklegt, wird die *Soul Saver* sogar klimapositiver.«

Hunter schnaubt verächtlich. Es wird gemunkelt, dass das Schiff von einem nuklearen Reaktor einer ganz neuen Generation angetrieben wird, der zwar kein CO_2

ausstößt, dafür aber verbrauchte Brennstäbe hinterlässt, die noch zig Generationen lang ihr Gift verstrahlen.

»Liebe Spielerinnen und Spieler. Ihr habt euch über Wochen in *Seven Souls* durch die Levels der virtuellen Welt gearbeitet. Unsere KI-Analysetools haben während dieser Wochen Persönlichkeitsprofile auf der Basis eures Spielverhaltens erstellt, mit denen wir mit bis zu 93-prozentiger Genauigkeit euer Verhalten vorhersagen können.«

Das glaubst auch nur du, denkt Hunter.

»Und nun komme ich zum wichtigsten Teil meiner Botschaft. Wenn wir unser Ziel erreicht haben, gibt es keine Regeln mehr. Die bestimmt ihr nun selbst. Alle zusammen oder jeder für sich. Die Aufgaben und Bewährungsproben sind nicht für alle gleich, sondern richten sich nach den Persönlichkeitsprofilen, die unsere KI erstellt hat. Ach, bevor ich es vergesse: Ihr könnt nicht sicher sein, dass jeder von euch auch derjenige ist, der er zu sein vorgibt.«

Hunter zuckt zusammen. Er springt auf. Verdammt, was will Milton damit sagen. Ist er etwa …

Hunter reißt sich zusammen und hört weiter zu.

»Vielleicht befindet sich ein Spion der Spielleitung unter euch, der euch ein paar Steine in den Weg legen könnte. Seid also immer alle hübsch vorsichtig, wenn euch jemand gute Ratschläge geben will. Alles, was ab jetzt passiert, kann Teil des Spiels sein. Haltet also die Augen auf, seid achtsam. Fällt keine voreiligen Entscheidungen, aber reagiert schnell und entschlossen, wenn es sein muss. Viel Glück!«

Milton verschwindet vom Bildschirm, und die schräge Picasso-Frau erscheint wieder. Hunter greift nach den Apfelsinen und nimmt noch zwei Äpfel dazu. Fünf Bälle im Spiel zu halten, ist gar nicht so einfach.

»Konzentriere dich«, murmelt Hunter.

REBEL

Rebel weiß nicht, was sie mit der Ansage von diesem Milton anfangen soll. Eines ist allerdings klar: Sie und die anderen haben sich viel zu wenig mit den Bedingungen des Spiels beschäftigt. Einer ist irgendwann mit der Werbung auf Instagram angekommen, und Hunter war sofort Feuer und Flamme. Oder war es Joey? Sie weiß nicht mehr genau, wer den Vorschlag gemacht hat, am Spiel teilzunehmen.

Gerade die letzten Sätze von Milton haben ein ziemlich ungutes Gefühl in Rebel entfacht. Der erste Gedanke war, dass Maggie sich sonderbar verhalten hat, als die Punkerin auftauchte. Ein paarmal hatte sie das Gefühl, Maggie treibe irgendetwas hinter ihrem Rücken.

Und schließlich war Maggie diejenige, die alle zusammengebracht hat. Sie kannten sich nicht besonders gut, aber alle kannten Maggie vorher. Was, wenn Maggie dieser Spion ist?, fragt Rebel sich.

Für weitere Gedankenspiele bleibt keine Zeit, weil auf dem Bildschirm eine neue Gestalt erscheint. Rebel muss schlucken. Sie ist vermutlich eine Art virtueller Avatar, aber die Ähnlichkeit ist unübersehbar. Ein Abbild der Punkerin. Nur die Stimme klingt ein bisschen metallisch. Vielleicht macht es auch der betont sanfte Unterton. Ja, denkt Rebel, das ist der Unterschied. Die echte Punkerin klang hart, unerbittlich und ein bisschen aggressiv. Diese hier hört sich wie die Ansagerin in einem Shoppingcenter an.

»Hallo, ich bin Lucy, deine persönliche Begleiterin.«

Erst jetzt wird Rebel klar, dass sie die Punkerin immer nur als »die Punkerin« gekannt haben. Niemand hat nach ihrem Namen gefragt, und sie ist auch nicht von sich aus damit herausgerückt.

»Du musst zur persönlichen Erkennung etwas sagen oder deine Hand mit gespreizten Fingern auf den Bildschirm legen. Lieber wäre mir allerdings, wenn du etwas sagen würdest. Die neue Spracherkennung unseres Systems übertrifft alle anderen Programme zur Identifikation von Personen. Außerdem haben wir das Problem mit den Spuren von Nussnougatcreme auf dem Monitor noch nicht gelöst.« Sie lacht. »Können wir loslegen?«

Rebel nickt, dann korrigiert sie sich. »Können wir.«

»Bitte einen Satz mit fünf Wörtern.«

»Fischers Fritz fischt frische Fische«, sagt Rebel.

»Sehr schön. Ich mag Zungenbrecher. Nummer 19,

auch von mir ein herzliches ›Willkommen!‹ auf der *Soul Saver*. Unsere Reise wird einige Tage dauern. Deine Kabine verfügt über einen Salon, ein Schlafzimmer, ein Bad sowie einen privaten Balkon. Der Balkon ist durch ein elektromagnetisches Plasmafeld geschützt. Du kannst es später ausprobieren. Es ist möglich, einen Arm hinauszustrecken und den Fahrtwind zu spüren, aber es ist unmöglich, die Suite auf diesem Weg zu verlassen.

Im hinteren Bereich des Salons befindet sich eine kleine Teeküche. Die Mahlzeiten werden in der Kabine serviert. Im Kühlschrank sind einige Getränke und Snacks, die deinen uns bekannten Essgewohnheiten entsprechen müssten. Wir freuen uns, dass wir deinen Lieblingstee besorgen konnten. Es ist ein Sui Tong Cha von einer abgeschieden gelegenen Teefarm im Shao-Wu-Gebirge auf 1400 Meter Höhe.«

Rebel fragt sich, was für ein Typ eigentlich in diese Kabine einziehen sollte. Sie schaut in den Kühlschrank. Darin steht ein kleines Tablett mit Essstäbchen und lauter Keramikschälchen voller, zumindest auf den ersten Blick, ungenießbarem Zeug.

»Die Yakitori und die Tonkatsu sind frisch zubereitet.«

Rebel nimmt eins der Schälchen heraus und riecht daran.

Lucy, die schon anhebt weiterzusprechen, stockt in ihrem Redefluss. »Ich vermerke in deinem Profil, dass deine Essgewohnheiten sich geändert haben und wir auf Yakitori und Tonkatsu in deinem Speiseplan verzichten. Sobald ihr am Ziel seid, müsst ihr sowieso selbst für eure Verpflegung sorgen.«

Bei diesem Satz horcht Rebel auf.

»Fahren wir fort. Kontaktaufnahme und Gespräche mit anderen Teilnehmerinnen und Teilnehmern sind nicht erlaubt und führen zu Punktabzügen auf eurem Überlebenskonto, bei groben Verstößen auch zu einem Ausschluss aus dem Spiel. Das Kontaktverbot gilt bis zum Betreten der Insel. Fitnesscenter und Schwimmbad auf Deck zwei können rund um die Uhr nach vorheriger Anmeldung und Buchung eines Time-Slots genutzt werden. Diese und ein paar weitere Informationen findest du auch in der Mappe auf dem Schreibtisch.«

Rebel schaut sich um. Unter dem Bullauge im Wohnbereich steht ein altmodischer Sekretär mit allerlei Schnörkeln und eingelegten Blumenmustern aus Holz. Darauf liegt eine Ledermappe, in die das unvermeidliche *Seven Souls*-Logo goldfarben geprägt ist. Sie klappt die Mappe auf und blättert die Informationsseiten durch. Ganz hinten in der Mappe klemmt Schreibpapier, in der Falz steckt ein Bleistift. Die Ecke unten rechts des zweiten Blattes ist zu einem Eselsohr umgeknickt. Rebel fällt es auf, weil alles andere auf diesem Schiff so neu und penetrant unberührt und ordentlich ist. Rebel hebt das Blatt an und sieht, dass jemand daraufgeschrieben hat. Wobei schreiben nicht das richtige Wort dafür ist, was auf diesem Blatt passiert ist. Zu sehen ist ein wirres Gekritzel: Zahlen, Wörter, Symbole, alles durcheinander und teilweise mit wilden Strichen übermalt. Sie kennt diese eigenartigen Notizen. Jaden hat sie bei ihrem ersten Treffen mit der Punkerin im Forsthaus gemacht. Wie kommt das hierher?, fragt Rebel sich. Aus dem Gekritzel lässt sich kaum ein vernünftiger Rückschluss ziehen. Das Wort »Wasser« wiederholt sich einige Male, und da ist – sehr schwer zu entziffern – ein ganzer Satz: »Rebel, das Wasser in …« Der Rest ist unleserlich.

»Nummer 19?«, hört Rebel die Stimme des virtuellen Guides in ihrem Rücken.

Sie klappt die Mappe schnell wieder zu und dreht sich zu dem Monitor.

Lucy lächelt Rebel an. Auch ihr Lächeln ist den Programmierern nicht wirklich gut gelungen. Vielleicht kann ein Avatar auch gar nicht natürlich lächeln, weil die Augen dabei nicht mitspielen. Die Augen sind das Fenster zur Seele, hat irgendwer in der Schule mal gesagt, und eine Seele hat so eine Lucy nicht.

»Ist etwas nicht in Ordnung?«, fragt Lucy.

Rebel schüttelt den Kopf.

»Gut, dann können wir weitermachen.«

Rebel hat nur den Kopf geschüttelt. Nichts gesagt. Es gibt also auch eine Kamera hier, denkt Rebel.

»Nimm jetzt bitte das blaue Kästchen aus dem Schreibtisch. Du findest darin die …«

»Kontaktlinsen«, murmelt Rebel. Sofort beißt sie sich auf die Lippen. Die Punkerin hat ihnen eingebläut, mit niemandem über die Kontaktlinsen zu sprechen, bis ihnen diese offiziell überreicht werden.

»Was hast du gesagt?«, fragt Lucy.

»Nichts«, sagt Rebel. Vielleicht hat Lucy es wirklich nicht verstanden.

»Okay, öffne das Kästchen und setze die Kontaktlinsen, die du darin findest, in die Augen. Das ist anfangs ein bisschen ein Gefummel.«

Sie erklärt Rebel, wie man es macht, und zeigt es ihr dann am eigenen Beispiel in Großaufnahme. Rebel gelingt es beim zweiten Versuch.

»Es gibt eine linke und eine rechte Linse«, sagt Lucy. »Sie haben unterschiedliche Zusatzfunktionen, und sie setzen das Gesamtbild, das du mit den Sensoren übermittelst, aus unterschiedlichen Blickachsen zusammen.«

Rebel weiß, dass sie nun so tun muss, als verstünde sie nur Bahnhof. Entsprechend fragt sie nach, und Lucy erklärt ihr, dass die Linsen Kameras seien, die ab jetzt alles übertragen, was sie sieht.

Zum Beweis gibt Lucy den Monitor für Rebels Personal Cam frei. Rebel sieht, wie ihr Blick den Bildschirm fixiert. Lucy erscheint wieder darauf.

»Jetzt setzt du bitte noch die beiden kleinen Geräte, die wie zwei Käferchen aussehen, ein. In jedes Ohr eins. Nimm dazu die Pinzette, da sie auf deine Körpertemperatur reagieren und sich bei Berührung aktivieren. Sie suchen sich dann eigenständig ihren Platz in deinem Gehörgang. Das kribbelt kurz ein wenig.«

Sobald Rebel der Anweisung gefolgt ist, klingt Lucys Stimme voller und satter in ihrem Ohr, als habe sie ihre billigen Kopfhörer gegen eine Luxusausgabe, wie Jaden sie besitzt, ausgetauscht.

»Perfekt. Nun kann es losgehen. Mit den Augentropfen kannst und solltest du die Linsen fixieren, damit du sie nicht verlierst, wenn es turbulent wird.«

Und damit ihr uns immer unter Kontrolle habt, denkt Rebel.

»Und damit wir euch immer unter Kontrolle haben«, sagt Lucy.

Rebel zuckt innerlich zusammen. Diese Geräte waren

ihr die ganze Zeit schon verdächtig. Hört sie etwa ihre Gedanken mit?

Lucy lacht. »Du hast jetzt sicher gedacht, dass ich deine Gedanken scanne oder so etwas. Keine Sorge, soweit sind wir noch nicht, obwohl sicher eines der unzähligen Unternehmen der Milton-Gruppe auch daran arbeitet. Vielleicht kleine Implantate, die physikalische und chemische Ströme in den Nervenbahnen messen?« Sie lacht.

Ich glaube dir kein Wort, denkt Rebel und lächelt dabei.

»Dann wünsche ich dir viel Erfolg in den nächsten Tagen.«

Der Bildschirm flimmert. Der Avatar verschwindet, und das Gemälde erscheint wieder. Die Sonnenblumen strahlen Rebel geradezu an. Nach dem Bruchteil einer Sekunde taucht jedoch Lucy wieder auf. »Ach ja, das hatte ich noch vergessen: Wenn du die Linsen aus deinen Augen entfernst, fliegst du augenblicklich aus dem Spiel.«

Rebel betrachtet einen kurzen Moment die Sonnenblumen. »Zwölf Sonnenblumen in einer Vase«, murmelt Rebel. Auf der Vase steht ein Vorname: Vincent. »Van Gogh«, ergänzt Rebel den Nachnamen und fragt sich, woher sie den kennt. Sie hat dieses Bild noch nie gesehen.

Vielleicht habe ich es doch mal im Fernsehen gesehen oder irgendwo anders, überlegt Rebel. Im Imbiss ihrer Eltern läuft rund um die Uhr der Discovery Channel mit Dokumentationen. Vielleicht dort, während sie Töpfe und Pfannen geschrubbt hat.

Rebel geht zurück zum Schreibtisch und öffnet den Block noch einmal an der Stelle, an der eine Papierecke umgeknickt ist. Das Blatt, das zum Vorschein kommt, ist leer.

DER WÄCHTER

Ich habe in Seven Souls *die Aufgabe, darauf zu achten, dass alles mit rechten Dingen zugeht. Und zwar mit allen Mitteln, denn es geht um mehr als dieses dämliche Spiel. Um sehr viel mehr. Was das genau ist, weiß wahrscheinlich keiner außer Rupert Milton selbst. Grob gesagt, geht es aber immer um dasselbe: Macht.*

Wer ich bin, wird niemand erfahren. Die Hacker von FyS *haben alles darangesetzt, die Wächter zu enttarnen. Keine Ahnung, warum sie es so sehr auf uns abgesehen haben. Die Identität aller Wächter wird streng geschützt. Alles ist möglich: männlich, weiblich, nichts von beidem. Alt, jung, nichts von beidem. Alle Hautfarben, alle Religionen, keine Religion. Nun gut, so viel darf ich sagen: Ich bin kein sehr gläubiger Mensch. Ich habe nur einen Glaubensgrundsatz, nämlich dass der Mensch zu allem fähig ist. Was ein Mensch theoretisch und auf der Basis der Naturgesetze tun kann, wird er tun, wenn der Anreiz dafür nur hoch genug ist. Auch andere Menschen hintergehen, verletzen, quälen oder töten. Das wissen wir längst.*

Im Unterschied zu den Teilnehmerinnen und Teilnehmern des Spiels kann ich die ganze Angelegenheit sehr entspannt angehen. Nicht zuletzt deshalb, weil mein Honorar – und das ist eine wirklich hübsche Summe – bereits auf dem Konto einer dieser Banken liegt, von denen man immer wieder in den Nachrichten hört. Meistens haben diese ihren Sitz auf einer Insel in der Karibik oder so. Keine Behörde kann sie kontrollieren, das Wort »Steuerzahlung« gibt es in ihrem Sprachschatz nicht. Milliardäre, Mafiabosse und korrupte Politiker aus aller Welt bringen hier in Sicherheit, was sie meistens mit mehr oder weniger gesetzestreuen Machenschaften abkassiert haben.

Die Soul Saver *ist ein fantastisches Schiff. Sogar für jemanden wie mich. Wasser, das höher als über meine Fußknöchel steigt, macht mir Angst. Ja, es gibt Dinge, vor denen ich mich fürchte. Es beruhigt mich überhaupt nicht, dass diese Jacht als unsinkbar gilt. Das behauptete man damals auch von der* Titanic, *und wie die Sache ausgegangen ist, wissen fast alle. Außerdem muss man auf dem Meer gar nicht untergehen, um verfrüht aus dem Leben geschubst zu werden. Für alle, die in Erdkunde nicht aufgepasst haben: Der Pazifik ist über 160 Millionen Kilometer im Quadrat groß. Du kannst zehnmal Russland, das größte Land der Erde, auf dieser*

Fläche unterbringen. Selbst wenn du auf dem größten Schiff der Welt mittendrin verloren gehst, findet dich so schnell keiner.

HUNTER

Hunter hält es nicht mehr aus. In den letzten Jahren musste er niemals auf die Gesellschaft anderer Leute verzichten, und schon gar nicht auf sein Smartphone. Länger als zwei Stunden offline zu sein, ist ein Gefühl, wie ein Bein oder einen Arm zu verlieren. Eine Amputation, bei der nicht das, was noch da ist, schmerzt, sondern das, was man verloren hat. Die Nummer mit den Kontaktlinsen und diesen winzigen Dingern, die ihm ins Ohr gekrabbelt sind, findet er zwar krass, aber gebracht hat es erst einmal gar nichts.

Hunter macht sich auf den Weg zu dem Deck, wo das Fitnesscenter sein soll. Er wollte schon immer ein paar Hanteln stemmen. Wenn er in den Spiegel guckt, sieht er nämlich ein zu schmales Handtuch. Auf Dauer darf das nicht so bleiben. Da müssen Muskeln drauf, sonst nimmt ihn niemand ernst, und wenn er es richtig sieht, gefällt das auch den Mädels.

Erst einmal verläuft er sich und landet auf Deck fünf, vielleicht auch, weil er dieser Lucy nicht aufmerksam genug zugehört hat. Das ist seine Schwäche. Er ist oft so unkonzentriert, in seinem Kopf bleibt nur hängen, was ihn wirklich interessiert. Sogar, wenn er sich ganz fest vornimmt, zuzuhören und zu speichern, was einer redet, weil er genau weiß, dass er es irgendwann brauchen wird, geht es rechts rein und links wieder raus.

Als er seine erste Programmiersprache gelernt hat, war das eine Sache von null Komma nichts, als schütte ihm einer die Codes mit einem Trichter einfach in die Birne. Zack, alles da.

Auf Deck fünf befindet sich die Brücke des Schiffs. Von hier aus wird alles gesteuert. Doch die Zugänge sind verschlossen, man erkennt kaum, wo die Türen sind. Ein Gang führt außen herum, auf halber Höhe beginnt eine Verglasung, aber hineinschauen kann Hunter nicht. Alles ist verspiegelt. Als Hunter wieder hinuntersteigen will, hört er Stimmen, die vom Treppenabsatz unter ihm kommen. Er sucht mit schnellen Blicken links und rechts die Gänge ab, aber hier ist alles clean und glatt. Stahl, Glas, sonst nichts. Keine Kiste, nichts wohinter oder worin man in Deckung gehen könnte.

Deck drei bis fünf sind Tabuzonen für die Teilnehmerinnen und Teilnehmer an Bord, so viel hat Hunter sich gemerkt. »Mist«, flüstert er und fragt sich, ob die Spielleitung – wer auch immer das sein mag – jetzt schon weiß, dass er sich in einem verbotenen Bereich herumtreibt. Die Kontaktlinsen! Wir sehen, was du siehst oder so ähnlich, hatten sie es erklärt. Er will nicht erwischt werden.

Also umrundet er das Deck und stößt im vorderen Bereich auf eines der Rettungsboote, die aussehen wie Raumgleiter in einem Science-Fiction-Film. Was hier als Rettungsboot bezeichnet wird, hat die Größe einer eigenständigen Jacht, auf der man sicher keine Klaustrophobie kriegen würde. Es sieht zwar rundherum geschlossen aus, aber Hunter hat sich nach der Einweisung durch Lucy auch die Sicherheitsinstruktionen angeschaut.

Die Rettungsboote haben eine mechanische Schließvorrichtung, jeder kann sie öffnen. Er zieht den Hebel nach unten, aus der glatten Außenhaut der länglichen Kapsel tritt mit einem Zischen die Türklappe hervor.

Hunter hilft mit den Händen nach, der Spalt wird etwas breiter. Mit Schwung zieht er sich hoch und purzelt ins Dunkle. Die Luke schließt sich automatisch.

»Verdammt«, entfährt es Hunter. Er hat keinen Bock, in dieser Kapsel eingeschlossen zu werden. Er greift sich den erstbesten Gegenstand. Es ist ein Feuerlöscher. Er klemmt ihn in letzter Sekunde in den Spalt, bevor sich die Klappe ganz schließen kann.

Die Stimmen nähern sich.

»Das ist der Oberhammer«, sagt einer.

»Ja, damit hat keiner gerechnet«, antwortet ein anderer. »Der perfekte Superkahn und dann beim ersten Einsatz eine solche Panne. Hoffen wir nur, dass der Reaktor nicht betroffen ist.«

»Mal den verdammten Teufel nicht an die Wand.«

»Na ja, der Kapitän hat immerhin die Vorwarnstufe zur Evakuierung aktiviert.«

»Alter, das tun sie schon, wenn eine Möwe gegen die Scheibe geklatscht ist.«

»Die Möwe neulich war nicht gegen eine Scheibe geklatscht, sie ist in den Hauptventilator zur Kühlung geraten, das ist ein Unterschied.«

»Haben sie den Fehler jetzt wenigstens gefunden?«, fragt der Erste.

»Es war die Rede von geomagnetischen Strahlungen, aber das Schiff ist eigentlich gut abgeschirmt. Es muss also irgendwas Fieses sein, sonst würden sie nicht die Systeme runterfahren und einen Reset der Anlage durchführen. Der Pott ist dann blind und taub. Navigation wie zu Lord Nelsons Zeiten.«

»Du glaubst doch nicht, dass einer von denen mit Chronometer, Kompass und Sextant umgehen kann? Das sind doch alles Computerheinis.«

Sein Begleiter lacht verächtlich, und sie verstummen.

Hunter versucht, durch den offenen Spalt einen Blick nach draußen zu erhaschen. Die beiden Männer in weißen Uniformen stehen ein paar Meter weiter vor einer Tür. Einer sagt etwas, und das Sicherheitssystem identifiziert ihn. Lautlos schiebt sich die Tür zur Seite und schließt sich hinter den beiden wieder.

Hunter wartet noch ein paar Augenblicke, bevor er sich rührt. Er checkt die Lage, alles scheint ruhig zu sein. Als er die Klappe nach oben schiebt, hört er ein Geräusch.

Ein Quietschen.

Nein, es quietscht nicht, sondern es jault. Oder winselt. Ein unterdrücktes Bellen.

»Hey?«, flüstert Hunter. »Ist da jemand?«

Eine bescheuerte Frage, denkt er sich gleich. So eine Frage wie aus einem Film, wenn jemand nachts in ein leeres Haus einsteigt, etwas hört und alle wissen, dass da natürlich jemand ist oder schlimmer noch: etwas. Meistens ein Zombie oder mindestens ein Serienmörder.

Weiter hinten in dem Rettungsboot regt sich etwas, es raschelt, wieder das Jaulen und dann ein unterdrücktes »Aua!«.

Ein weißes Etwas kommt direkt auf Hunter zu, er weicht zur Seite. Es streift ihn und saust mit einem gewagten Sprung an ihm vorbei. Hunter greift reflexartig zu, was vielleicht dumm ist, aber wenn man einen solchen Reflex hat, ist es meistens zu spät, um die Sache schnell noch einmal von links nach rechts zu denken. Beim Zocken sind gute Reflexe meistens von Vorteil. Jetzt handelt er sich eine Bisswunde ein.

Das weiße Etwas ist ein Terrier: weiß mit braunen und schwarzen Flecken, fast ein Abbild von …

Der Hund verbeißt sich in Hunters linkem Zeigefinger, knurrt durch die geschlossenen Zahnreihen und Lefzen hindurch.

»Oh, verdammt«, sagt eine Mädchenstimme. »Robinson, aus! Sofort!«

Aber Robinson denkt gar nicht daran. Er hat Geschmack an Hunters Finger gefunden.

»Mach den Köter von mir weg«, quetscht Hunter mit schmerzverzerrter Stimme heraus.

Der Hund ist ein Fehler, denkt Hunter. Und nun heißt er auch noch Robinson. Crusoe und Robinson. Für einen kurzen Augenblick verliert er die Konzentration.

»Robinson ist kein Köter«, sagt das Mädchen. »Er mag keine Jungs. Nimm es nicht persönlich. Du machst ihm außerdem Angst mit deiner blöden Maske.«

Hunter weiß im ersten Augenblick nicht, was sie

meint, dann wird ihm klar, dass sein Outfit für Leute, die nicht an dieser schrägen Sache beteiligt sind, ein bisschen sonderbar wirken könnte. Und für einen Terrier sowieso. Er hat sich an das Ding schon völlig gewöhnt, es sitzt wie eine zweite Haut.

Endlich lässt der Hund locker.

Das Mädchen reagiert sofort und greift sich das Fellknäuel. »Außerdem hat er Hunger.«

Hunter betrachtet seinen Finger. Die spitzen Zähne haben eine kleine Reihe roter Punkte hinterlassen, aus denen nun erste Blutstropfen quellen.

»Oh, das tut mir leid«, sagt das Mädchen. »Hallo, ich bin Silver.«

»Hi, ich bin Hu…«

»Die 17, ich sehe schon«, unterbricht Silver ihn und deutet auf die Nummer auf seinem Overall.

»Hunter, ich heiße Hunter.«

»Der Jäger«, sagt Silver.

»Was?«, fragt Hunter.

»Na ja, die Übersetzung für deinen Namen. Hunter – der Jäger.«

Hunter hat sich noch nie Gedanken über seinen Namen gemacht. Der Jäger. Eigentlich gefällt ihm das. Sein Rücken strafft sich, unwillkürlich drückt er die Brust ein wenig heraus.

»Ich finde Jäger doof«, sagt Silver. »Ich finde alle Leute doof, die Tiere töten.«

Hunters Haltung sackt wieder ein bisschen in sich zusammen. Er weiß nicht, ob er diese Silver mögen soll oder nicht.

Sie könnte ungefähr in seinem Alter sein. Die kurz geschorenen Haare stehen ihr gut. Die meisten Mädchen, die er kennt, tragen lange Haare, seitengescheitelt, glatt, möglichst blond, wenn ihre Eltern ihnen erlauben, sie zu färben. Ihre Hautfarbe, die schwarzen Augen – wahrscheinlich sind die Wurzeln ihrer Familie irgendwo im Süden, vielleicht auch in Nordafrika.

Auf den ersten Blick strahlt sie etwas aus, das er aus seiner Wohngruppe kennt. Sie hat dieses Motzige, diesen Ausdruck von: Ihr könnt mich mal, ich komme allein klar, und ihr werdet nie kapieren, was mir an euch und euren Regeln nicht passt.

»Kann es sein, dass du von zu Hause abgehauen bist?«, fragt Hunter. Jetzt sieht er, dass Silvers rechter Unterschenkel durch eine Prothese ersetzt wurde. Ein supermodernes Ding mit einer Art Bügel unten statt eines Fußes. »Oh, Mist«, rutscht es ihm heraus.

»Was ist daran Mist?«, fragt Silver. »Meinst du, damit könnte man nicht von zu Hause abhauen? Wir können gerne ein kleines Wettrennen machen. Ich glaube nicht, dass du da eine Chance gegen mich hast. Außer, ich falle um, weil ich Hunger habe. Hast du etwas zu essen?«

»Bist du so etwas wie ein blinder Passagier?«, fragt Hunter.

»Und Wasser?«, fragt sie. Ihre Fragen klingen nicht nach einer Bitte, eher nach einer Bestellung.

»Auch für Robinson. Unsere Vorräte gehen zu Ende.«

»Sonst noch ein Wunsch? Vielleicht einen Cocktail oder was zum Nachtisch? Wie bist du überhaupt auf dieses Schiff gekommen?«

»Wenn ich dir das sage, bekomme ich dann etwas zu essen und zu trinken?«

Hunter nickt bloß, aber eigentlich weiß er nicht, ob er dem Mädchen helfen soll oder nicht. Er kann sich nicht sicher sein, ob das vielleicht eine Falle ist, ein Teil des Spiels. Vielleicht hat es schon begonnen. In den vorigen Levels gab es auch immer wieder Figuren, die sich im Nachhinein als hinterhältig erwiesen hatten.

»Hallo? War das ein Ja?«, fragt Silver.

»Ich müsste dich eigentlich melden«, sagt Hunter.

»Bist du ein Arschloch?«

»Wenn sie nicht längst wissen, dass du hier bist.« Er zieht das untere Lid ein wenig runter. »Da drin sind nämlich megageile Kontaktlinsen, die alles filmen, was ich tue. Oder besser: was ich sehe.«

»Ach so, du bist nur ein Spinner. Oder du nimmst Drogen, oder du guckst zu viele Filme.«

»Alter, kannst du auch mal irgendwie nett sein? Du willst doch was von mir.«

»Das könnte dir so passen. Soll ich dir mal etwas verraten: Mit Nettsein habe ich noch nie etwas erreicht.«

Sie ist Hunter ganz nah gekommen. Wenn sie eine Waffe hätte, ein Messer oder so, wäre er in Gefahr. Warum kommst du auf solche Gedanken?, fragt er sich.

»Mir ist egal, ob du mich dem Kapitän meldest oder dem Papst oder sonst wem. Ich schaffe alles. Meinetwegen können sie irgendeinen Hafen anlaufen oder mich auf einer Insel aussetzen. Übrigens, ich esse kein Fleisch. Für Robinson kannst du welches mitbringen.«

Hunter denkt einen kurzen Augenblick nach. Wenn er die beiden Typen vor ein paar Minuten richtig verstanden hat, sind die elektronischen Systeme der Jacht stillgelegt. Wenn er Glück hat, benutzen auch die Kameras in den Linsen die Systeme des Schiffs als Relaisstation, und es wird in dieser Zeit nichts übertragen. Er fällt eine Entscheidung.

»Pass auf, dass der Hund keinen Krach macht.« Er steigt aus der Kapsel, nachdem er sich vergewissert hat, dass sich draußen niemand befindet.

Das Mädchen zögert.

»Na, was denn jetzt?« Hunter reicht ihr eine Hand.

»Das kann ich alleine.«

»Bleib immer hinter mir«, sagt Hunter und beeilt sich, aus dem Bereich des fünften Decks wegzukommen.

BERLINER ABENDPOST

Fünf Jugendliche im Spreewald gefunden

Bei Kohlsdorf im Landkreis Oder-Spree wurden in der Ruine der Bockwindmühle fünf Personen gefunden. Es handelt sich um zwei weibliche und drei männliche Jugendliche oder junge Erwachsene, deren Identität bisher nicht festgestellt werden konnte. Sie trugen weiße Einmal-Overalls, wie sie in Baumärkten als Schutzkleidung für Renovierungen und Malerarbeiten verkauft werden, sowie blaue Gummistiefel. Die Personen befanden sich in einem körperlich und scheinbar auch seelisch unversehrten Zustand, machten jedoch keinerlei Angaben zum Geschehen.

Der Leiter der Polizeiwache Beeskow, Manfred Brock, erklärte: »Die jungen Leute lächeln und schweigen. Sie sind voll ansprechbar, befolgen Anweisungen, die man ihnen gibt, aber sie beantworten keine Fragen.« Zumindest in Deutschland lägen keine Vermisstenmeldungen vor, die diesen Personen eindeutig zugeordnet werden könnten. Ebenso gebe es für die fünf keine Registereinträge in den einschlägigen Datenbanken der Polizei. »Im Bezug auf Straftaten sind sie nach heutigem Kenntnisstand nicht aktenkundig, wobei wir uns hier bisher nur auf den Abgleich ihrer Fingerabdrücke stützen können.«

Im Moment sind die Personen in medizinischer Betreuung. Die Überprüfung der Blutproben auf bekannte Drogen oder Medikamente läuft noch. Laut der Chefärztin Prof. Dr. Claudia Grube deuten erste Hinweise auf die Einnahme einer psychogenen Substanz hin. »Das ist ein neues Zeug, dessen genaue Zusammensetzung wir noch nicht analysieren konnten. Eine Partydroge, die in hoher Dosis eine Art Amnesie auslöst. Das Gedächtnis wird quasi gelöscht«, so Christine Grube. »Wer für eine Nacht seine Sorgen vergessen will, erlebt ein wahres Wunder. Wer zu viel davon nimmt, braucht Wochen oder sogar Monate, um wieder zu seinem alten Leben zurückzufinden.« Insbesondere, wenn es in Form von Augentropfen eingenommen werde, sei die Wirkung schwer zu kontrollieren.

William Nassauer

NOCH
VIER
TAGE

APRILWETTER UND
SPIELGLÜCK WECHSELN
JEDEN AUGENBLICK.

JADEN

Es ist kurz nach Mitternacht. Jaden klopft leise an die Tür von Hunters Kabine. Hunter hat ihn und die anderen kurz vorher zu sich beordert, anders kann man es nicht nennen, denn er hat keinen Zweifel daran gelassen, dass er darauf besteht, sich mit allen zu treffen.

»Herein!«, kommt es von drinnen. Es ist nicht Hunters Stimme, sondern die von Rebel.

Beim Eintreten sieht Jaden, dass alle schon da sind. Sie tragen noch die Masken, obwohl man sie in der eigenen Kabine abnehmen darf. Jaden ist die Maske nicht lästig, im Gegenteil, sie gefällt ihm. Sie und der Overall machen alle gleich. Es ist nicht zu unterscheiden, ob man Geld hat oder nicht, gut aussieht, Pickel hat. Nicht einmal ob man ein Junge oder ein Mädchen ist, kann man eindeutig sagen. Gerade das gefällt Jaden am besten daran.

»Na endlich«, begrüßt ihn Hunter. »Musstest du dich noch ein bisschen hübsch machen?« Dabei macht er eine Geste, als würde er sich die Wimpern tuschen. Hunter kann es nicht lassen. Er kann es einfach nicht hinnehmen, dass Jaden nicht dem entspricht, was Hunter sich unter einem Jungen vorstellt.

»Hör auf«, sagt Maggie. »Sag uns lieber, was wir hier sollen und welches große Geheimnis du uns erzählen musst.«

»Und allen anderen …« Sie lässt den Blick durch den Raum schweifen, als leuchte sie jeden Winkel mit einem Scheinwerfer ab. »… die noch zuhören.«

Joey wirft sich auf Hunters Bett.

»Nimm deine Käsefüße von meinem Kopfkissen, Joey. Also, ihr könnt euch abregen. Sie haben sämtliche Systeme runtergefahren, weil es irgendwelche Probleme mit der Elektronik gibt.« Er zeigt auf den Monitor über seinem Bett, auf dem nicht einmal mehr das Gemälde zu sehen ist, sondern nur eine schwarze Fläche. »Lucy, können wir reden?«

Es kommt keine Reaktion. Die Fläche bleibt schwarz. Hunter klopft mit einem Fingerknöchel gegen den Bildschirm. Nichts passiert.

»Ist mir auch schon aufgefallen«, sagt Rebel.

Jaden betätigt den Lichtschalter neben der Tür. Die Deckenlampe leuchtet auf. »Das funktioniert.«

»Es ist ja auch kein Kurzschluss in der Elektrik, außerdem läuft die Stromversorgung wahrscheinlich separat«, sagt Maggie.

»Aber das ist nicht die Überraschung.«

Hunter geht zur Tür, die ins Badezimmer führt. Er reißt sie auf. Ein Mädchen kommt zum Vorschein. Abgewetzte Klamotten, kurz geschorene Haare, dunkle Hautfarbe. Mit diesem Bügel statt des Unterschenkels sieht sie aus wie ein Cyborg. Ein ziemlich attraktiver Cyborg, denkt Jaden. Auf ihrem Arm hockt ein Hund, dem sie das Maul zuhält.

»Darf ich vorstellen: Silver und Robinson.«

Der Hund windet sich aus dem Arm des Mädchens. Mit drei schnellen Sätzen ist er bei Jaden. Beim vierten Sprung drückt sich der Hund vom Boden ab, zielsicher landet er in Jadens Armen und leckt ihm voller Begeisterung das Gesicht. Jaden lässt es sich gefallen.

»Hey, der sieht aus wie Crusoe, nur in Jung. Und dann heißt er auch noch Robinson. Robinson Crusoe.« Jaden lacht.

»Ist doch egal«, unterbricht Hunter ihn barsch.

»Das ist wohl Liebe auf den ersten Blick«, sagt das Mädchen. »Dabei mag Robinson eigentlich keine Jungen.«

Über Maggies Gesicht huscht ein Lächeln. Jaden fängt ihren Blick auf. Seine Augenbrauen schnellen unwillkürlich in die Höhe, er hofft, dass sie keine Bemerkung macht. Außer ihr hat er sich niemandem anvertraut.

»Wer ist das?«, fragt Maggie einfach nur.

»Was machen die in deinem Badezimmer?«, fragt Joey.

Rebel schweigt. Sie kennt Hunter am besten und weiß, dass er für Überraschungen gut ist.

»Deine Freunde scheinen echt begeistert zu sein«, sagt das Mädchen.

»Hast du sie an Bord geschmuggelt?«, fragt Jaden. Er kann sich nicht vorstellen, dass Hunter die ganze Mühe, die sie sich gemacht haben, mit einem dummen Streich wie diesem zunichtemacht. Nicht einmal Hunter kommt auf solche Ideen.

»Bin ich blöd?«, fragt Hunter. »Ich habe die beiden im Rettungsboot erwischt, oben auf Deck fünf.«

»Deck fünf ist verbotene Zone«, sagt Maggie.

»Verdammt, es war Zufall. Sie ist ein blinder Passagier.«

Jaden kann das nicht glauben. Als sie an Bord gegangen sind, waren die Sicherheitsvorkehrungen schärfer als bei einer Audienz beim Präsidenten der USA – auch wenn er keine wirkliche Ahnung davon hat, wie sie bei dem sind.

»Hast du mal darüber nachgedacht, was diese Lucy gesagt hat?« Jaden deutet auf den schwarzen Bildschirm. »Es gibt einen Mitspieler, der nicht ist, was er zu sein vorgibt. Ein Spion.«

Hunter lacht. »Es gibt mindestens fünf, die nicht sind, was sie vorgeben zu sein. Und fünf davon sind hier anwesend.«

»Du weißt genau, was ich meine.« Jaden ist genervt von Hunter. »Wer sagt denn, dass das nicht auch eine Falle ist.« Er tritt ganz nahe an Hunter heran und flüstert: »Hast du ihr von uns erzählt?«

»Hältst du mich für bescheuert?«

Jaden schweigt.

»Wir müssen sie loswerden«, sagt Rebel.

Bisher hat das Mädchen sich alles schweigend angehört, aber jetzt protestiert sie. »Was heißt denn, ihr müsst mich loswerden? Ich wollte nur etwas zu essen, der Typ da hat mich hierhergeschleppt.« Sie deutet auf Hunter.

»Du hast dich nicht lange bitten lassen.«

»Wenn du seit zwei Tagen nichts gegessen hast, ist das ja wohl kein Wunder«, zischt das Mädchen.

»Hört auf mit dem Gezicke«, sagt Joey. »Gebt ihr was zu essen, und dann sehen wir weiter.«

Als hätte er die Worte verstanden, bellt Robinson auf, zappelt sich frei und springt zu Boden. Kläffend saust er kreuz und quer durch die Kabine. Vor der Tür zum Gang macht der Terrier halt und bellt, als habe er eine Beute gestellt.

»Scht!«, kommt es gleichzeitig aus allen Mündern, aber sie müssen sich keine Sorgen machen, dass jemand den Hund hören könnte.

Eine Sirene schrillt mit ohrenbetäubendem Lärm los. Sie wird immer wieder von einer drängenden Stimme abgelöst: »Achtung: Alarmstufe drei. Alarmstufe drei. Bitte begeben Sie sich umgehend zu den Rettungskapseln *Butterfly I* und *II* auf den Decks zwei und fünf. Dies ist keine Übung. Bitte begeben Sie sich umgehend zu den Rettungskapseln. Nehmen Sie keinerlei Gepäck oder sonstige Gegenstände mit. Folgen Sie den Anweisungen der Besatzung. Achtung: Alarmstufe drei …«

Im selben Augenblick pocht jemand gegen die Tür der Kabine. Der Terrier schlägt noch erregter an. Jaden schnappt sich den Hund und drückt ihn Silver in den Arm. Dann schiebt er die beiden in das Badezimmer.

Da steht auch schon einer der Stewards in der Tür. »Was ist das denn hier für eine Versammlung?«, blafft er. Eine Antwort wartet er nicht ab. »Los, alle raus hier, habt ihr nicht gehört?« Er zerrt Joey am Arm, gibt Maggie einen Stoß.

»Was ist los?«, blafft Rebel zurück.

»Es gibt Probleme. Wir müssen das Schiff evakuieren, schnell«, ist die Antwort. »Ist noch jemand im Badezimmer?«

Hunter und Jaden wechseln einen schnellen Blick, dann schütteln beide gleichzeitig den Kopf: »Nein!«

Der Steward schiebt nun auch sie aus dem Raum. Im Flur treffen sie auf andere Passagiere und Mitglieder der Crew. Die immer gleichen Sätze und Befehle werden gerufen. Am Aufgang zum nächsten Deck bleibt Jaden zurück.

Jemand stößt ihn zur Seite, ein anderer beschimpft ihn. Jaden gerät ins Straucheln, fast stürzt er zu Boden, aber im letzten Moment kann er sich an einem der Handläufe, die sich an sämtlichen Wänden entlangziehen, festklammern und wieder aufrappeln. Der Steward ist längst außer Sichtweite, also dreht Jaden um und rennt in Hunters Kabine zurück.

»Halleluja, damit hat wohl niemand gerechnet«, ruft Silver gegen das Getöse der Sirene und Durchsagen an. Sie sitzt mit Robinson auf dem Bett.

»Was tust du da? Willst du etwa hierbleiben?«, schreit Jaden.

»Glaubst du, die lassen mich auf ihre schicken Rettungsboote?«

»Das werden wir ja sehen«, antwortet Jaden.

Er rennt zu Hunters Schrank. In allen Kabinen hängt eine zweite Ausrüstung für die Spielerinnen und Spieler. Hunter ist größer und kräftiger als Silver, das ist gut – sie passt auf jeden Fall in den Overall.

»Zieh ihn einfach über deine Klamotten!«

Mit der Maske ist es etwas schwieriger, sie sind ziemlich passgenau zugeschnitten. Die wenigsten tragen sie gerade, aber Silver sollte sie überziehen, damit sie nicht durch einen dummen Zufall auffliegt.

»Nun mach schon«, befiehlt Jaden. »Keiner wird in dem Tohuwabohu prüfen, ob die Nummer 17 zweimal in eins der Dinger steigt.«

Silver zögert immer noch.

Jaden verliert die Geduld. »Verdammt noch mal, jetzt mach schon. Ich hau hier nicht ab, bevor du nicht in diesem blöden Overall steckst und mit mir kommst.« Jaden hat keine Ahnung, warum er diese Worte so entschlossen herausschreit. Was geht ihn dieses Mädchen an? Aber er hat so eine Ahnung, dass es Silver nicht gut ergehen könnte, wenn sie zurückbleibt.

Endlich tut sie, was Jaden verlangt. Ein paar Minuten später erreichen sie fast als Letzte das Rettungsboot.

Jaden wundert sich, eigentlich ist alles relativ ruhig an Bord der *Soul Saver*. Ein paar herumeilende Leute, die immer wieder aus unsichtbaren Lautsprechern schallenden Aufrufe, umgehend den Anweisungen zu folgen, ein Streit zwischen einem Crewmitglied und einer Teilnehmerin, die sich weigert, in die Kapsel zu steigen, aber sonst nichts, was man so aus Katastrophenfilmen kennt, wenn ein Schiff untergeht.

Dieses Schiff geht nicht unter, jedenfalls nicht in diesem Augenblick. Davon ist ganz und gar nichts zu erkennen. Die *Soul Saver* liegt ruhig im Wasser.

Jaden erinnert sich an die Rede, die dieser Milton gehalten hat. »Alles, was ab jetzt passiert, kann Teil des Spiels sein. Haltet also die Augen auf, seid achtsam. Fällt keine voreiligen Entscheidungen, aber reagiert schnell und entschlossen, wenn es sein muss.« So oder ähnlich hatten seine Worte gelautet.

Jetzt geht Jaden ein Licht auf. Die *Soul Saver* liegt. Sie fährt nicht. Die Motoren des Luxusschiffs schnurrten selbst bei voller Leistung ohne eine große Geräuschentwicklung. Aber jetzt sind sie mucksmäuschenstill.

»Wo kommt denn diese Töle her?«, fragt das Crewmitglied am Zugang zum Rettungsboot. »Die kommt da nicht rein!« Er versucht, Silver den Terrier aus dem Arm zu reißen, aber Robinson weiß sich zu wehren. In bewährter Manier haut er dem Mann in Uniform die spitzen Zähne in den Handrücken. Der schreit auf und lässt los. Jaden nutzt den Moment und schiebt Silver mitsamt dem Hund in die Kapsel.

»Wir sind komplett«, hört Jaden eine Stimme direkt neben seinem Ohr. Es ist der Steward, der sie abgeholt hat. Er steht an einer Gegensprechanlage und drückt einen Knopf.

»Aye«, antwortet jemand am anderen Ende. »Dann sage ich: All doors in flight.«

Das hat Jaden schon einmal im Flugzeug gehört, wenn die Kabinencrew das Zeichen bekommt, dass alles zum Start bereit ist. Mit einem Zischen schließt sich die Luke. Jaden fragt sich, ob die anderen ebenfalls in diesem Boot sind?

Wenn nicht, ist es zu spät.

Die Kapsel wird einmal durchgerüttelt. Durch eine der schmalen Sichtluken sieht Jaden, wie das Gefährt auf zwei Schienen zur Seite hinausgeschoben wird.

»Um Himmels willen, was steht ihr noch hier herum?«, brüllt der Steward sie an. »In die Sitze und anschnallen.«

Hastig laufen Jaden und Silver an ein paar der anderen Gestalten in Overalls vorbei und lassen sich in zwei freie Sitze fallen. Augenblicklich fahren die Gurte nach vorne und verriegeln sich automatisch. Robinson jault, weil er hart an Silvers Brust gequetscht wird. Dann verschlägt es ihnen den Atem.

Die Kapsel wird weit über die Reling geschoben und schwebt nun förmlich neben der *Soul Saver*. Einen Wimpernschlag später werden alle in die Sitze gedrückt. Mit einer unfassbaren Kraft wird das Rettungsboot nach vorne katapultiert. Dreißig, vielleicht vierzig Meter rast es über die Wasseroberfläche hinweg, schlägt dann mit dem Heck zuerst auf und platscht ins Wasser. Ihr Tempo verringert sich, aber ihren Drang nach vorne kann das Zusammentreffen mit den Wellen nicht stoppen.

Die Köpfe der Passagiere schlagen unsanft gegen die gepolsterten Stützen. Ausnahmslos alle schreien auf. Dann herrscht absolute Stille.

210
200
190
180
160
150
140
Joey

MAGGIE

Wenn das hier ein Spiel ist, weiß ich nicht, ob ich wirklich mitspielen will, denkt Maggie. Sie hat das Gefühl, dass sie ohne jeden vernünftigen Grund von Bord der *Soul Saver* gegangen sind. Was von den beiden Crewmitgliedern als Rettungskapsel bezeichnet wird, ist jedoch alles andere als eine Notunterkunft, auch die Bezeichnung »Boot« beschreibt es kaum richtig. Wenn man nicht gerade in den Maßstäben von einem Multimilliardär wie Rupert Milton denkt, ist das Gefährt, in dem sie sitzen, fast schon ein eigenständiges Schiff. Manche hochseetaugliche Segeljacht hat weniger Komfort und Raum als dieses Rettungsboot. Allerdings gibt es kein Deck, auf dem man sitzen und dem Sonnenuntergang zuschauen kann. Es ist wirklich eine Kapsel, mit einem Streifen aus Fenstern rundherum.

»Wir müssen irgendwo im südlichen Atlantik sein.«

Maggie zuckt zusammen. Joey hat seine Hand auf ihren Arm gelegt. Sie mag es nicht, so ohne Vorwarnung angefasst zu werden, aber sie sieht es Joey nach.

»Woher willst du das wissen?«, fragt Rebel von der anderen Seite.

»Weil ich auf der *Soul Saver* ab und zu zum Himmel hinaufgeschaut habe. Nachdem wir den Ärmelkanal verlassen haben, sind wir erst einmal Richtung Westen gefahren und dann nach Süden abgedreht. Und gestern haben wir schon den Äquator überquert. Da steht die Sonne dann mehr oder minder senkrecht über dir.«

»Hey, unser Käpt'n Sparrow, der Pirat der sieben Meere, kennt sich aus«, spöttelt Rebel.

Joey ignoriert die Bemerkung.

Maggie war in Gedanken woanders, doch jetzt gehen ihr Joeys Worte noch einmal durch den Kopf: den Ärmelkanal verlassen? Gestern? Den Äquator überquert?

Spinne ich, oder spinnt Joey? Ist er auf einem anderen Schiff unterwegs?

Joey löst den Sicherheitsgurt, der sie bei dem Kickstart und dem Aufprall aufs Wasser in den Sitzen gehalten hat. »Ich schau mal nach Jaden und diesem Mädchen«, sagt er. »Kommst du mit, Maggie?«

Maggie nickt, aber als sie aufstehen will, leuchtet an der Rückenlehne des Sitzes vor ihr ein Hinweis auf: *Bitte öffnen Sie die Gurte nicht, bis die Anschnallzeichen erloschen sind.*

Maggie zögert einen Moment, aber als sie bemerkt,

dass Joey sich nicht davon zurückhalten lässt, folgt sie ihm. Warum machst du so oft dein Verhalten von dem anderer Leute abhängig, fragt sie sich. Sie ärgert sich darüber.

Im vorderen Teil des Raums sind bereits auch ein paar Leute aufgestanden. Sie stehen in kleinen Gruppen herum und sprechen aufgeregt miteinander. Kaum jemand trägt noch seine Maske. Es ist eine bunt gemischte Gemeinschaft, die hier zusammengewürfelt wurde. Die meisten sind ein paar Jahre älter als Maggie, vielleicht Anfang zwanzig. Ein paar von den typischen Nerds, ein paar, die eher ins Lager der üblichen Influencer auf allen möglichen Social-Media-Kanälen gehören.

»Ich wusste doch, dass es eine Scheißidee ist, mein Smartphone aus der Hand zu geben«, beschwert sich eine junge Frau mit platinblond gefärbten Spaghetti-Haaren, die ihr genau bis zur Schulter reichen. »Das wäre die Story meines Lebens, das würde so was von viral gehen, zehntausende neue Follower ist das wert, ich garantiere es euch.«

»Digga, ich glaube es nicht«, sagt ein Typ mit Dreadlocks. Unter dem linken Auge trägt er ein Tattoo. Auf den ersten Blick erscheint es Maggie wie eine Träne, beim näheren Hinsehen entpuppt es sich jedoch als Totenkopf. »Wir dümpeln hier in dieser Wasserwüste in einer Nussschale herum, und du machst dir Sorgen um deine Follower. Wenn wir Pech haben, können deine Follower uns auf den Meeresgrund folgen.«

Maggie stupst Joey in die Seite. »Mit denen möchte man aber auch nicht unbedingt auf einer einsamen Insel ausgesetzt sein.«

Joey starrt sie an.

Erst jetzt wird ihr klar, dass es eigentlich genau darum geht. »Na, wird schon gut gehen.«

Eine Schiffsglocke ertönt. Der Klang ist seltsam altmodisch in dieser ansonsten durch klare Linien, spiegelglatte Materialien und Hightechausstattung beeindruckenden Umgebung.

Im vorderen Teil öffnet sich fast lautlos eine Schiebetür. Ein Crewmitglied der *Soul Saver* tritt ein, hinter ihm bleibt eine Kollegin im Durchgang stehen. Sofort stürmen alle auf ihn ein und reden durcheinander, bis er sich mit einem wütenden Schrei Ruhe verschafft.

»Ihr seid an Bord der *Butterfly* sicher«, beschwichtigt er sie dann.

»Schmetterling heißt dieser Seelenverkäufer?«, knurrt eine alte, verwitterte Stimme, die zu einem Mann passt, der Maggie bisher nicht aufgefallen war.

Er tritt aus dem Schatten der hinteren Reihen hervor, trägt wie alle anderen auch den *Seven Souls*-Overall, der allerdings an seinen knochigen Gliedern schlottert. Die Nummer auf seiner Brusttasche ist die 11. Seine weißen Haare werden von einem schlichten Gummiband in einem Dutt am Hinterkopf gehalten. Mit all den jungen Gesichtern um sich herum wirkt er wie ein Hundertjähriger. »Kennt sich einer mit Mythologie aus?«, fragt er in die Runde.

Die meisten wissen nicht einmal, was das Wort bedeutet.

Maggie räuspert sich, was Nummer 11 als Wortmeldung versteht.

»Du?«

Maggie schüttelt den Kopf.

»Der Schmetterling ist in der griechischen Mythologie das Symbol für Seelen, die …«

Bevor der Alte weiterreden kann, geht der Mann von der Crew dazwischen. »Bitte hört einen Augenblick zu, das ist jetzt wichtig. Die Evakuierung war notwendig, weil durch geomagnetische Störungen eure Sicherheit auf der *Soul Saver* nicht mehr gewährleistet war. Vielleicht haben sich einige von euch schon über die Polarlichter in den letzten Nächten gewundert. Die sind im südlichen Atlantik eher selten.«

Im südlichen Atlantik. Er bestätigt, was Joey gesagt hat. Das kann nicht sein. Habe ich die Hälfte der Tour verpennt?, fragt Maggie sich. Sie hat sich in ihrer Kabine einmal auf das Bett gelegt und ist eingenickt, aber von Hamburg durch den Ärmelkanal und dann bis über den Äquator hinaus braucht man auch mit einem Schiff wie der *Soul Saver* mehr als ein paar Tage.

»Die was für Lichter?«, fragt ein schmächtiger Typ mit dunklen Ringen unter den Augen.

»Das grüne Geflimmer am Himmel«, wirft jemand dazwischen.

»Genau, normalerweise taucht dieses Naturphänomen nur in der Nähe der Pole auf. Durch Sonnenstürme können …«

»Mann, wollen Sie uns nicht einfach sagen, was hier los ist?«, meldet sich Hunter zu Wort. Die anderen unterstützen ihn durch zustimmendes Gemurmel.

»Ganz genau kann ich es nicht sagen, aber …«

Er wird noch einmal unterbrochen, als von draußen ein lauter Knall ins Innere der Kapsel dringt – gefolgt von einem Leuchten in den Bullaugen. Jemand in der Nähe der Sichtluken schreit auf: »Da ist was explodiert.«

Maggie wird zur Seite gestoßen, weil alle zu den Fenstern rennen. Joey fängt sie auf, gemeinsam drängen sie nach vorne. Dort starren bereits Rebel und Hunter hinaus.

»Wow«, flüstert Hunter nur.

»Was ist das?«, fragt Rebel.

Irgendjemand gibt die Antwort: »Das ist nicht, das war – die *Soul Saver*.«

In einiger Entfernung lodern Flammen in die Höhe, dann kommt es zu einer zweiten Explosion. Ein kleiner Feuerpilz steigt auf, gleichzeitig schießen brennende Trümmer in alle Richtungen.

»Da drüben, links, das ist das zweite Rettungsboot!«, ruft jemand. Er hat den Satz noch nicht vollendet, da trifft eines der Teile der *Soul Saver* die zweite Kapsel und schlägt den spitz zulaufenden Bug weg.

Maggie schaut den anderen tief in die Augen. Joey nimmt ihr die Worte aus dem Mund: »Wenn das nicht Teil des Spiels ist, läuft es hier gerade ziemlich mies.«

»Verdammt mies«, sagt Hunter.

»Um nicht zu sagen: beschissen.«

»Wir sollten ab jetzt zusammenbleiben. Gegen die anderen haben wir einen Vorteil: Wir sind zu fünft.«

»Zu sechst. Plus Hund. Also zu sechseinhalbt«, sagt Hunter.

Maggie wird in diesem Moment flau im Magen. »Hat jemand Jaden und diese Silver gesehen?«

JADEN

Jaden versucht, Rebel, Hunter und Maggie zu finden, aber sie scheinen alle zu der anderen Rettungskapsel gerannt zu sein. Hoffentlich, denkt Jaden, hoffentlich haben sie es geschafft.

»Wir sind zu nah dran«, schreit der Steward, der sich bei der ersten Ansage als Mikael vorgestellt hat. Er spricht mit einem leichten Akzent, wahrscheinlich kommt er aus Schweden oder Norwegen. Je panischer er wird, desto häufiger fällt er in seine Muttersprache, die bis auf zwei junge Frauen keiner versteht.

Nach dem zweiten Knall dauert es ein paar Herzschläge lang, bis die Erschütterung das Rettungsboot erfasst. Es geht alles ganz schnell und doch wie in Zeitlupe: der ohrenbetäubende Lärm, die Feuerblitze, dann der Einschlag, der das Boot auseinanderreißt, der plötzliche Blick übers Wasser bis hinüber zu dem lodernden Wrack. Eine kurze Ewigkeit herrscht eine unwirkliche Stille, bis gellende Schreie aus dem Inneren der Kapsel und aus dem Wasser dringen.

Jaden schreit nicht. Er drückt Silver mit beiden Armen fest an sich, zwischen ihren Oberkörpern winselt Robinson. Der Hund rührt sich nicht. Erst jetzt merkt Jaden, dass er derjenige ist, der diese Umklammerung hält. Es war ein Reflex, eine unfassbar schnelle Bewegung, als hätte er geahnt, was passieren würde. Er hat schneller gehandelt, als sein Gehirn den Befehl dazu geben konnte.

Vielleicht hat er damit Silver das Leben gerettet, denn er war noch angeschnallt gewesen, sie nicht. Die meisten, die sich in der Kapsel sicher gefühlt und die Gurte schon wieder geöffnet hatten, wurden von der Druckwelle aus dem Rettungsboot geschleudert.

Mikael und ein weiteres Crewmitglied versuchen, einen Überblick zu bekommen, machen aber mit ihrem Herumgebrülle alles nur noch schlimmer. Ein Teil der Passagiere rettet sich in den hinteren Bereich, weil an der Abrisskante am Bug Wasser einbricht. Andere beugen sich dort vorne weit hinaus, um denen zu helfen, die ins Wasser gefallen sind.

Ich kann nicht schwimmen.

Ich kann nicht schwimmen.

Ich kann nicht schwimmen.

Das sind die Worte, die Jaden immer wieder durchs Hirn fahren.

»Halt Robinson fest«, ruft Silver und klettert zu den Helfern.

Jaden starrt dem Hund in die Augen. Zu seinem Erstaunen bleibt das Tier mucksmäuschenstill und legt nur den Kopf schief, was Jaden in dem Chaos plötzlich an eine knuddelige Erscheinung aus einem Disney-Film denken lässt.

Jaden sieht sich selbst, als schwebe er über allem: ein Junge in einem Sitz, dem von Flugzeugen ähnlich. Ein schmales Gesicht, die langen hellbraunen Haare, in der Mitte gescheitelt. Es ist kein Jungengesicht, dafür ist es viel zu zart. Was er sieht, ist ein Mädchen. Das Mädchen, das er eigentlich ist und auch äußerlich noch werden will.

Außer Maggie weiß es keiner.

Er hat es gerade eben geschafft, es sich selbst einzugestehen, und jetzt wird er vielleicht sterben. Er hat schon oft sterben wollen. Seit er immer stärker spürt, dass er im falschen Körper steckt, dass er kein Junge sein will.

Aber jetzt will er das auf keinen Fall. Er will nicht sterben. Der Gewinn aus dem Spiel sollte ihm dazu verhelfen, alle Schritte der Transformation zu gehen, bis zum letzten, zur Operation.

Er setzt Robinson auf den Platz neben sich. »Du bleibst da, verstehst du mich? Sitz!« Der Hund scheint

Jadens Entschlossenheit zu spüren. Er duckt sich und macht keinen Mucks.

Jaden folgt Silver nach vorne. Sie hängt halb drinnen, halb draußen. Um eine Hand hat sie einen offenen, aber noch in der Verankerung festsitzenden Gurt geschlungen, die andere streckt sie einem Mann entgegen, der wild um sich schlagend im Wasser paddelt. Er droht von einer starken Strömung abgetrieben zu werden. Jaden beugt sich weit hinaus und erwischt den zweiten Arm des Mannes. Gemeinsam ziehen sie ihn in das demolierte Boot, das nun wie ein riesiger aufgeplatzter Flaschenkürbis im Wasser liegt und sich immer weiter zu einer Seite neigt. Von denen, die hinausgeschleudert wurden, schaffen es nur noch wenige zurück.

Jaden kämpft sich ins Innere der Kapsel zurück. Die Tür zum Cockpit steht offen. Dort findet er die beiden Crewmitglieder. Mikael schreit Notrufe in ein Funkgerät, der andere versucht, die Hightechanlage des Steuerpults irgendwie in Gang zu bekommen.

Es wirkt nicht so, als wüsste er, was er tut.

»Gibt es an Bord von diesem Scheißding Schwimmwesten?«, brüllt Jaden gegen Mikaels »Mayday! Mayday!«-Rufe an.

»Frag Pierre«, gibt Mikael zurück.

»Die waren vorne im Bug gelagert und schwimmen

jetzt da draußen«, sagt Pierre, der zweite Steward an Bord, und fummelt weiter an den Knöpfen und Schiebern vor sich herum. »Tot, alles tot«, stellt er schließlich mit einem Jammern in der Stimme fest.

»Das hier auch.« Mikael gibt es auf, einen Funkspruch abzusetzen.

Silver und eine Frau platzen herein.

»Wenn ihr euch nicht bald etwas einfallen lasst, wird aus unserer kleinen Arche ein Fliegender Holländer«, sagt die Frau.

»Was für einen Mist redest du da?«, fragt Pierre.

»Dass immer mehr Wasser eindringt und wir in ein paar Minuten absaufen. Dass wir dann ein kleines Totenschiff sind«, antwortet die Frau. »Was also hat der wunderbare Rupert Milton für einen solchen Fall vorgesehen in diesem Spiel?«

Der Stewart Mikael rauft sich die Haare: »Woher soll ich das wissen? Mein Job ist es, den Offizieren das Essen zu bringen. Und Pierre räumt normalerweise das schmutzige Geschirr in die Maschinen.«

»Na toll«, seufzt Silver. »Mit einem Kellner und einer Spülhilfe mitten im Atlantik ausgesetzt. Ein jeder bete nun am besten zu seinem Gott.«

DER WÄCHTER

In diesem Spiel hilft dir kein Gott. In diesem Spiel hilfst du dir selbst oder keiner. Wie ernst sie das meinten, war sogar mir nicht bewusst.

REBEL

»Beruhige dich und gib die Signalpistole her«, beschwört einer aus der Crew, der jetzt das Sagen hat, Rebel.

Er heißt Moritz Holzmann und ist auf der *Soul Saver* der Erste Offizier. Oder besser gesagt: Er war es, denn allem Anschein nach gibt es das Schiff nicht mehr. Es hat sich in brennende Einzelteile aufgelöst.

»Wir können nicht zurück zu dem anderen Rettungsboot«, sagt Holzmann.

Die Signalpistole in Rebels Hand zittert. »Warum nicht?«

»Mädchen, wenn du dieses Ding hier drinnen abschießt, fackelst du uns alle ab.« Holzmann spricht ganz ruhig.

»Nennen Sie Rebel lieber nicht ›Mädchen‹«, sagt Hunter. »Und ich bin übrigens auch dafür, dass wir zurückfahren.«

»Irgendwo da draußen sind noch Freunde von uns. Wollen Sie die einfach abschreiben?«, schreit Rebel.

»Rebel, komm schon, bleib ruhig«, sagt Hunter.

Man kann sich auf Rebel verlassen. Immer. Das ist vielleicht ihre beste Eigenschaft. Sie geht einem leicht auf die Nerven, sie ist aufbrausend, kann dich mit Worten runtermachen oder an die Wand schweigen. Aber wenn es um ihre Freunde geht, kennt sie keine Gnade.

»Wissen Sie«, wendet Hunter sich an den Ersten Offizier, »ich kenne Rebel. In der Schule hat sie dem Hausmeister den kleinen Finger abgebissen, als der ihrer Freundin den Einbruch in den Schulkiosk anhängen wollte. Abgebissen und zack auf den Boden gespuckt. Sie macht ernst.«

Rebel kann sich nur schwer ein Grinsen verkneifen. Hunter ist eine coole Socke. Die Geschichte mit dem Hausmeister lief einigermaßen hässlich ab, aber niemand verlor dabei seinen Finger.

»Die brennenden Trümmer gefährden auch uns und außerdem …« Als habe er es sich anders überlegt, bricht Holzmann mitten im Satz ab.

»Was?«

Holzmann druckst herum, schließlich rückt er mit der Information heraus. »Die *Soul Saver* wird … äh … wurde von einem Reaktor mit radioaktivem Material angetrieben. Im Prinzip absolut sicher.«

»Im Prinzip?«, fragt Maggie. Sie stellt sich neben Rebel.

»Niemand hat damit gerechnet, dass wir von so starken Sonnenstürmen getroffen werden.« Holzmann zuckt die Achsel.

»Das andere Rettungsboot schwimmt also vielleicht inmitten von radioaktiven Trümmern?«

»Wenn der Reaktorkern geborsten ist, könnte das sein. Und diese Explosion hatte es in sich.«

»Na bravo, dann werden sie da drüben entweder geröstet oder von Haien zerfleischt«, ruft irgendwer von hinten.

»Mach hier keine Panik«, ruft Joey zurück. »Wir wissen es nicht genau, und so oder so: Kein Seemann mit einem Funken Ehre im Leib lässt seine Leute zurück.«

»Das ist ja wohl nicht nur die Entscheidung von diesem Typen da«, wirft einer dazwischen. »Ich bin auch dafür, dass wir so schnell wie möglich abhauen.«

»Wir können ja abstimmen«, ruft einer.

Rebel schaut fassungslos in die Runde. »Ihr wollt über das Leben dieser Leute da drüben abstimmen? Und ihren Eltern und Freunden sagt ihr nachher: Sorry, knappe Mehrheit dagegen, sind leider alle draufgegangen? So wahr ich hier stehe: Ich schieße dieses Ding hier drinnen ab, und dann geht ihr alle mit mir unter.«

Der Erste Offizier versucht, sie zu beschwichtigen, redet irgendetwas von Seerecht und Ehrensache. Schließlich lenkt er die *Butterfly* zurück. Rebel steht neben ihm in der kleinen Führungskanzel der Rettungskapsel. Es ist kaum zu erkennen, dass es sich um die Brücke eines seetüchtigen Boots handelt. Nur ein kleiner Joystick weist darauf hin, dass man dieses Gefährt irgendwie lenken kann.

»Du bist ganz schön tough, Mädel«, wendet er sich noch mal an Rebel. »Allerdings wäre mir sehr recht, wenn du deine Wumme jetzt aus der Hand legen würdest.«

»Ich bin kein Mädel«, antwortet Rebel. Sie hasst es, so genannt zu werden, vor allem, wenn es so herablassend rüberkommt.

Holzmann tippt auf seinem Pult herum. Jetzt überträgt eine Außenbordkamera alles, was vor ihnen zu sehen ist, auf einen Bildschirm, der sich von der Decke herabsenkt. »Ziemlich heißer Scheiß diese Kiste. Wirklich nice.«

Noch mehr hasst es Rebel, wenn sich jemand mit Ausdrücken, von denen er glaubt, dass Jugendliche sie benutzen, an sie ranschmeißt, aber jetzt reagiert sie mit einem zustimmenden Brummen.

Auf dem Bildschirm erscheinen die ersten brennenden Wrackteile. Menschen – tot oder lebendig – sind noch nicht zu entdecken.

»Die Kapsel ist vollständig autark und hat eine beachtliche Reichweite. Wenn du im 19. Jahrhundert in dieser Gegend in ein Rettungsboot gestiegen bist, bist du entweder vor Erschöpfung umgekommen oder verdurstet oder verhungert. Na ja, egal. Einen Nachteil hat sie allerdings. Ich kann sie nur im Umkreis einer Seemeile eigenständig steuern. Sie ist auf die Koordinaten der Insel programmiert und für diesen Törn ausschließlich auf sie.«

Rebel versteht nicht, warum der Erste Offizier sie so vollquatscht. Sie schweigt, und Holzmann tut es dann auch.

Auf dem Monitor sind nun Details zu erkennen, nicht mehr nur irgendwelche Wrackteile, sondern ein Koffer, der offen auf dem Wasser treibt, Stühle, eine Wandverkleidung, wie Rebel sie in ihrer Kabine gesehen hat, dann eine Gestalt in der Uniform der Besatzungsmitglieder. Bevor Holzmann den Motor stoppen kann, versinkt sie in der Tiefe.

»Verdammt, wo ist sie?«, murmelt Holzmann.

Mit ›sie‹ meint er wohl die *Butterfly II*. Hektisch checkt er die Kommunikationskanäle und flucht.

»Was ist denn los?«, fragt Joey, der mit Maggie und Hunter hereingekommen ist.

Hunter schnalzt mit der Zunge. »Rebel, so was hätte ich dir nicht zugetraut«, sagt er mit einem Blick auf die Signalpistole.

Rebel zuckt nur die Achseln. Mit Hunters Bewunderung kann sie nicht viel anfangen. Sie hasst Waffen, auch wenn es nur eine Signalpistole ist, die eigentlich dazu dient, Menschenleben zu retten.

Hunter schaut dem Ersten Offizier dabei zu, wie er mit steigender Unruhe Befehle in die Tastatur des Bordcomputers tippt. Rebel weiß, dass Hunter – der sich in der Schule annähernd nichts richtig merken kann oder will – jede dieser Kombinationen speichert. Sollten sie sie brauchen, wird er in der Lage sein, diese Codes jederzeit abzurufen.

»Was ist das Problem?«, fragt Hunter mit diesem scheinheiligen Ton, den Rebel so gut von ihm kennt. Er hat mindestens eine Ahnung, was das Problem ist.

Holzmann ignoriert seine Frage. »Da unten in der Schublade ist ein Fernglas. Jemand muss raus und die Lage checken.«

Maggie zieht die Lade auf und holt das Fernglas heraus.

»Warte«, sagt Hunter.

Maggie tut, was er sagt.

»Abgesehen davon, dass die zweite Rettungskapsel verschwunden ist, was ja nichts anderes bedeuten kann, als dass sie gesunken ist, funktionieren die Kommunikationstools nicht, richtig?«, fragt Hunter den Ersten Offizier.

Holzmann reagiert nicht.

»Hallo?«, fragt Joey ungeduldig.

Holzmann nickt.

»Sie haben keine Ahnung, wo wir sind, und vor allem hat kein Mensch, der uns irgendwie helfen könnte, eine Ahnung davon? Und wir können auch keine Nachricht absetzen?«

Holzmann nickt erneut. »Ihr solltet das für euch behalten. Sonst flippen hier ein paar aus.«

»Da!«, ruft Maggie plötzlich. Sie zeigt auf den Bildschirm. »Da war etwas.«

Alle starren auf den Monitor.

Tatsächlich, da ist etwas. Auch Rebel sieht es.

JADEN

Jaden hat nie jemandem verraten, dass er diesen alten und endlos langen Film schon gefühlte hundertmal angeschaut hat. Immer, wenn es ihm richtig mies geht, guckt er ihn an. Das Mädchen Rose in diesem Film muss fast sterben, um nachher als neuer Mensch ganz neu anfangen zu können. Alles ziemlich kitschig.

»Rose«, murmelt Jaden und grinst. »Ich bin Rose.« Das ist ziemlich wichtig, denn Rose ist im Film diejenige, die am Ende überlebt.

»Was hast du gesagt?«, fragt Silver.

»Ach, nichts«, antwortet Jaden und zieht sich wieder ein bisschen nach oben.

Robinson thront auf dem kleinen Floß wie ein Kapitän auf der Kommandobrücke. Er leckt abwechselnd Jadens und Silvers Hände, als wolle er sie ermutigen, nicht loszulassen. Ihre Rettung ist ein Teil eines Wandschranks. Ob es aus dem Rettungsboot oder von der *Soul Saver* stammt, ist ungeklärt, aber auch egal.

»Kennst du die Titanic?«, fragt Jaden.

Silver schüttelt den Kopf. »Sollte ich? Hilft uns das irgendwie aus dieser beschissenen Lage?«

»Glaube nicht«, sagt Jaden.

Der Film ist eine altmodische Schnulze. Frauen tragen riesige Hüte und so enge Korsetts, dass sie kaum noch Luft bekommen. Jaden würde sich niemals in ein solches Korsett zwängen, aber auf diesem Luxusschiff passt es zu den vornehmen Damen. Beim Gedanken an das Schiff muss Jaden wieder grinsen. Das berühmteste Passagierschiff der Welt, das bei seiner ersten Fahrt einen Eisberg rammt und untergeht, obwohl alle gesagt hatten, es sei unsinkbar.

Verdammt viel Ähnlichkeit mit der *Soul Saver*.

Aber der Untergang ist in dem Film eigentlich nicht so wichtig, sondern die Geschichte von Rose, die sich in den falschen Jungen verliebt.

»Es ist so kalt«, sagt Silver. Bisher hat sie alles ziemlich ruhig und gefasst hinbekommen. Sogar als klar wurde, dass auch das Rettungsboot nicht halten wird, was sein Name verspricht: Rettung.

»Das ist der Atlantik«, sagt Jaden. »Soweit ich weiß, ist der nirgendwo besonders warm.« Sie hat irgendwo mal gelesen, wie lange man im offenen Wasser treibend überlebt. Das Problem ist meistens, dass der Körper ziemlich schnell auskühlt.

»Man muss schon echt viel Pech haben, gleich zweimal innerhalb von einer Stunde mit einem Boot unterzugehen«, sagt Silver.

»Auf der echten Titanic gab es eine Krankenschwester, die hat den Untergang überlebt und den der beiden Schwesterschiffe auch noch.«

»Das verbessert meine Laune nicht wirklich. Oh Mann, über was reden wir hier? Wir treiben mitten im Ozean auf einem Stück Schrott, und du erzählst mir was von Kinoschnulzen, Ozeandampfern und Krankenschwestern. Ich werde jedenfalls nie wieder freiwillig ein Schiff betreten, nicht einmal ein Tretboot auf dem Weiher im Stadtpark.«

»Vielleicht sollten wir ein Lied singen«, schlägt Jaden vor. »In dem Film gibt's eine schöne Schnulze. *My heart will go on.* Ich kann den Song auswendig. Ich bringe ihn dir bei, dann schlafen wir nicht ein. Und vielleicht hört uns ja jemand.«

»Das sind die ersten Anzeichen: Du drehst durch! Wer sollte uns hier denn hören? Die paar anderen, die hier noch auf irgendwelchen Trümmern herumtreiben?«

Viele sind das nicht. Wer sich im hinteren Teil der Kapsel aufgehalten hat, ist wahrscheinlich mit ihr untergegangen. Jaden erinnert sich, dass sie nicht viele Frachtschiffe oder Jachten auf ihrer bisherigen Fahrt gesehen hat. Dieser Ozean ist eine verzweifelt unendliche und einsame Sache. Eine Rushhour wie auf dem Potsdamer Platz gibt es hier nicht.

Sie spürt ihre Beine kaum noch. Es wäre schön, jetzt ein Nickerchen zu halten. Wenn sie die Augen wieder öffnet, plätschert um ihre Füße vielleicht der Müritz-See, wo sie früher in den Sommerferien ihre Großeltern besucht hat. Langsam senken sich Jadens Augenlider.

Augenblicklich beginnt Robinson, ihre Finger zu lecken. Aber das hilft jetzt nicht mehr. Jaden ist so müde. Nur ein Nickerchen. Da ist nichts gegen zu sagen. Aber da schreit jemand. Jaden reißt die Augen auf.

Es schreit niemand. Das ist Robinson, der nun auf allen vieren steht. Der Hund bellt, was das Zeug hält, als hätte er eine Ratte oder ein Karnickel aufgescheucht.

Jaden findet die Kraft, den Kopf zu heben. »Silver?«, flüstert sie fast nur noch. Silver antwortet nicht. Ihr Kopf ruht auf der Platte, die sie beide trägt. Ihre Augen sind geschlossen.

Jetzt mischt sich ein anderes Geräusch unter das Bellen des Terriers.

Jaden hätte nicht gedacht, dass sie einmal so froh darüber sein würde, Hunter zu erblicken. Mir ist noch nie aufgefallen, dass er zwischen den Schneidezähnen eine kleine Lücke hat, denkt sie und verliert die Besinnung.

DIE NEWS AM ABEND AUF MTL PLUS

Sonnensturm schlimmer als erwartet

50 Millionen Menschen in den USA ohne Strom, Satellitenausfälle rund um den Globus

»Hier sind die Abendnachrichten aus unserem Sendezentrum in Köln. Mein Name ist Carin Löwenstein, und ich begrüße Sie zu den News um 20 Uhr. Das Colby-Ereignis, das zwar von der Wissenschaft vorhergesagt, aber in seiner Ausprägung unterschätzt worden war, bestimmt weiter das Geschehen. Die ersten Anzeichen in Form von Polarlichtern waren noch faszinierend, da es diese normalerweise nur im hohen Norden unseres Planeten gibt.

Hier in Deutschland hatten wir vor allen Dingen Probleme mit dem Ausfall der Handynetze. Bei der Stromversorgung kam es nur kurzzeitig zu Schwankungen, die jedoch schnell abgefangen werden konnten. Ich bin jetzt mit dem Leiter des Krisenstabs, Kanzleramtsminister Mesut Kilim, in Berlin verbunden. Herr

Kilim, müssen wir uns Sorgen machen, dass es durch weitere geomagnetische Aktivitäten zu Verhältnissen wie in einigen amerikanischen Städten kommt?«

»Frau Löwenstein, das müssen wir nicht. Dank der hohen Investitionen dieser Regierungskoalition in die Sanierung und den Ausbau der Infrastruktur der Energieversorgung verfügt Deutschland über die stabilsten Netze, auch wenn die Opposition die aktuelle …«

»Herr Minister, ich unterbreche Sie ungern, aber bringen wir es doch auf den Punkt: Die größten Befürchtungen unserer Zuschauerinnen und Zuschauer stehen im Zusammenhang mit der Lage im Atomkraftwerk jenseits der deutsch-tschechischen Grenze, wo es aufgrund der Störung von Steuerungselementen zu Ausfällen im Kühlsystem des Reaktors gekommen ist. Ausgerechnet dieses brandneue und besonders wenig anfällige System provozierte nun fast, dass der Reaktor außer Kontrolle geriet.«

»Eben nur fast, Frau Löwenstein, fast! Wir stehen in engem Kontakt mit den Behörden und der Regierung unseres Nachbarlandes. Das Kraftwerk ist deutsche Wertarbeit. Die Unabhängigkeit von russischem Gas konnten wir auf Dauer nur mit der Rückkehr zur Atomenergie erreichen …«

»Was nicht nur die Opposition, sondern auch viele Wissenschaftler als die falscheste und gefährlichste Fehlentscheidung seit dem Reaktorunglück von Tschernobyl bezeichnen.«

»Frau Löwenstein, es gibt immer Leute, die ...«

»Meine Damen und Herren, die Leitung scheint zusammengebrochen zu sein. Wie ich aus der Regie höre, scheint es zu weiteren Ausfällen gekommen zu sein. Der Sender hat hier im Haus die Notversorgungssysteme aktiviert, sodass eine weitere Berichterstattung möglich ist. Die Unterhaltungsprogramme werden wir allerdings vorerst aussetzen.«

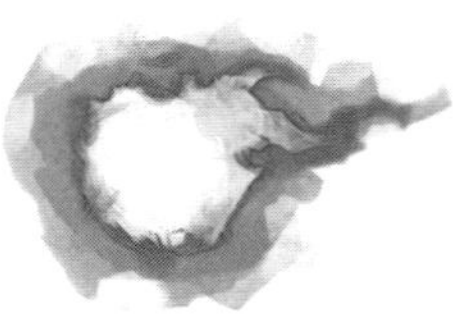

NOCH
DREI
TAGE

IM SPIEL GILT KEINE
BRÜDERSCHAFT.

HUNTER

Es gab zwei dieser Gummiboote in der *Butterfly*. Rettungsbötchen für das Rettungsboot. In einem kleinen Ding wie diesem auf dem offenen Ozean – das ist kein gutes Gefühl. Hunter konzentriert sich auf die unruhige Fläche vor ihnen und entdeckt zuerst den Terrier, der wie eine kleine Galionsfigur vorne auf seinem Floß aus Schrott steht und wie verrückt bellt.

»Der Hund!«, ruft Hunter. »Robinson! Robinson!« Er kniet im Bug eines Schlauchbootes. Der Terrier antwortet mit immer hektischerem Bellen, seine Stimme überschlägt sich geradezu. Er turnt auf einer Holzplatte herum und droht ständig ins Wasser zu gleiten.

»Ruhig, Kleiner, ruhig«, versucht Hunter, ihn zu beschwichtigen.

Rebel kneift die Augen zu schmalen Schlitzen zusammen. »Da ist noch was.«

Hunter sieht es auch. Zwei reglose Körper. Sie klammern sich an ein Stück Schrott. Einer von beiden hebt den Kopf.

»Es ist Jaden!«, schreit Hunter.

»Stopp, Motor drosseln«, befiehlt Rebel dem jungen Typen, der im Heck sitzt und seinen Job als Steuermann bisher ganz gut gemacht hat. Nur einmal hat er zu viel Gas gegeben und fast eines der Wrackteile im Wasser gerammt.

Hunter schnappt sich zuerst den Hund und reicht ihn nach hinten ins Boot weiter. Dann streckt er Jaden beide Hände entgegen, aber Jaden greift nicht danach. Obwohl er gerade noch fast leblos wirkte, scheint ihn nun neue Kraft zu durchströmen. Er schlägt mit den Beinen, um sich über Wasser zu halten, und umklammert Silver.

»Es geht ihr nicht gut, zieht sie zuerst hoch«, ruft Jaden. Er lässt Silver nicht los, bis Rebel und Hunter sie gefasst haben.

Jeder von ihnen greift unter eine Achsel. Sie ziehen. Das Schlauchboot gleitet zurück, neigt sich bedrohlich zur Seite. Einer der anderen aus dem Boot zerrt Silver an ihren Klamotten weiter, Rebel bekommt sie am Oberschenkel zu fassen, bis sie endlich zwischen die Bänke des Boots kullert.

»Jetzt Jaden«, schreit Hunter. Als er sich über den Rand beugt, spürt er, dass sie tiefer im Wasser liegen.

»Wir verlieren Luft«, hört er hinter sich den Steuermann rufen. »Irgendetwas hat eine Luftkammer aufgeschlitzt.«

Hunter hängt sich trotzdem weiter aus dem Boot. »Wo ist Jaden?«, brüllt er. »Die Lampe, gib mir die Lampe.«

Rebel reicht sie ihm. Er leuchtet das tiefschwarze Wasser ab – nichts. Er hechtet auf die andere Seite des Boots. »Haltet das Scheißding ruhig«, brüllt er nach hinten. Beim Zocken verlierst du nie die Nerven, beschwört er sich selbst. Panik ist der erste Schritt zum Untergang. Keine Panik, verdammt noch mal. KEINE PANIK!

»Schau mal da!«, ruft Rebel. Sie zeigt auf eine Stelle etwas weiter links.

Hunter richtet den Lichtstrahl darauf.

Ja!

Es blitzt etwas auf – das Amulett, das Jaden niemals ablegt. Silbern, mit irgendwelchen blauen Steinchen darauf. Es steigt aus der Tiefe auf. Nun schwebt es inmitten von goldenen Schleiern, nein, das sind Haare. Jadens lange Haare, die ihn manchmal wie einen Engel aussehen lassen.

Hunter hält nichts mehr. Er springt ins Wasser. Gerade noch hat er geschwitzt, jetzt ein eisiger Schock. Aber er bekommt den knapp unter der Oberfläche schwebenden Schleier zu fassen. Er zieht, sieht jetzt das blasse Gesicht, die weit aufgerissenen Augen. Aus dem Mund quellen unzählige Luftblasen. Bevor die Lungen sich mit Wasser füllen können, schießt Jaden nach oben und schnappt gierig nach Luft.

»Haltet ihn«, ruft Hunter.

Rebel greift sofort zu. Zwei Minuten später liegen Hunter und Jaden in dem weiter Luft verlierenden Schlauchboot.

»Hoffentlich schaffen wir es noch bis zur *Butterfly*«, sagt der Steuermann.

Hustend und spuckend schlingt Hunter die Arme um Jaden. Er ist so nass, dass keiner sieht, wie die Tränen über seine Wangen laufen. Das ist ihm auch lieber so. »Du sahst aus wie eine Meerjungfrau«, versucht Hunter einen Witz zu reißen.

»Das bin ich auch«, antwortet Jaden mit einem gequälten Grinsen. »So etwas Ähnliches jedenfalls, aber das ist jetzt nicht so wichtig. Du kannst mich zukünftig Rose nennen.«

»Oh Mann, er ist übergeschnappt.« Hunter schaut sich Hilfe suchend nach Rebel um.

Der Wellengang hat zugenommen. Das Schlauchboot schaukelt hin und her. »Du bist sensibel wie ein Felsbrocken. Wahrscheinlich bist du der Einzige von uns, der es noch nicht gecheckt hat.«

Das Schlauchboot sackt zur Seite, eine Welle schwappt herein.

Der Typ an der Steuerpinne schreit auf. »Das war einer zu viel. Verteilt euch gleichmäßig und keiner rührt sich.« Er gibt ein bisschen Gas. Das Boot stabilisiert sich. Mit aller Vorsicht bahnt es sich seinen Weg durch die Trümmerteile, die immer weniger werden, bis sie schließlich die Signallampen der *Butterfly* erblicken.

»Gib ihnen ein Zeichen!«, sagt Hunter.

Rebel knurrt etwas Unverständliches, wahrscheinlich einen Kommentar zu Hunters Befehlston. Rebel lässt sich nichts befehlen, nicht einmal, wenn man sie mitten im Atlantik ausgesetzt hat. Schließlich flippt sie aber doch mit dem Kippschalter der Stablampe und erhält kurz darauf aus der Dunkelheit eine Antwort.

»Gott sei Dank«, stößt Hunter mit einem tiefen Seufzer aus, als er die Lichtzeichen sieht.

»Seit wann hast du's mit Gott?«, fragt Jaden.

»Alter, ihr seid wirklich anstrengend heute«, stöhnt Hunter. »Und vielleicht erklärt ihr mir lieber mal, was diese sonderbaren Bemerkungen sollen. Was habe ich als Letzter gecheckt? Was ist mit dem Typen los?« Er deutet auf Jaden. Die ruckartige Bewegung, die Hunter macht, bestraft der Ozean mit einer weiteren Welle, die über die tief liegende Reling schwappt.

Silver hebt die Augenbrauen. Sie schmunzelt. »Also, ich habe es sofort kapiert, aber vielleicht ist das so eine Sache unter Frauen.«

Rebel schaut Jaden an. »Willst du selbst oder soll ich den Dummkopf aufklären?«

Hunter liegt schon eine Antwort auf der Zunge, die sich gewaschen hat, aber Jaden kommt ihm zuvor.

»Ich bin kein Typ. Ab sofort bin ich nicht mehr Jaden, sondern Rose, kapierst du das? Ich bin eigentlich ein Mädchen.«

Hunter bringt mit weit offener Kinnlade nur ein paar stotternde Laute hervor. Es besteht kein Zweifel daran: Die sind alle durchgedreht. So etwas passiert in Extremsituationen, und in einer solchen befinden sie sich.

»Was quatscht ihr für einen Scheiß?«, fragt der Typ am Steuer. »Mach weiter mit den Lichtzeichen, sonst finden wir niemals zurück zu den anderen.«

Rebel verliert die Geduld. »Hunter, du bist ein Idiot. Sorry, das muss mal gesagt werden. Es gibt eben Leute, die werden als Mädchen geboren und andere als Jungen, und dann gibt es noch alles Mögliche dazwischen. Und einige kommen eben im falschen Körper auf die Welt.«

»Ich hab doch seinen… na ja, du weißt schon, sein Ding… also… äh… den da unten schon gesehen!«, bringt Hunter mit Mühe hervor.

Silver legt eine Hand auf seine Schulter. »Hunter, ihr Jungs bildet euch viel zu viel auf…« Sie äfft Hunters Gestotter nach: »…äh… also… euer Ding da unten ein. Jaden ist jetzt Rose, und wie sie untenrum aussieht, geht dich nichts an. Und wenn sie lieber ein Pokémon sein möchte, geht dich das genauso wenig was an.«

»Kommt darauf an, welches«, sagt Rebel, und alle bis auf Hunter lachen.

»Ihr seid ein schräger Verein«, sagt der Typ am Steuer. »Ich mochte von den Pokémons am liebsten den…«

Welche der Gestalten er am liebsten mochte, kann er nicht mehr sagen, weil in diesem Moment etwas durch den Nebel zischt. Hunter spürt den Luftzug am Ohr, jedenfalls denkt er das im ersten Augenblick. Es ist aber nicht nur ein Luftzug. Das wird ihm klar, als mit einem Wimpernschlag Verspätung der Schmerz in sein Bewusstsein dringt. Augenblicklich spürt er auch die warme Flüssigkeit an seinem Hals hinablaufen. Er greift nach seinem linken Ohr, wo ihn das Geschoss gestreift hat.

»Eine Harpune!«, schreit Silver.

Im Nebel taucht der Kiel eines Boots auf, aber es ist nicht die *Butterfly*.

210
200
190
180
170
160
150
140
130
120
110
100
90
80
70
60
50
20
10
0
jaden
rose

JOEY

Bist du ein Feigling, ja oder nein?

Joey hat sich die Frage noch nie ernsthaft gestellt, weil bisher alle Gelegenheiten, bei denen davon die Rede war, im Grunde genommen läppisch waren. Nichts, wo er wirklich Mut beweisen musste.

Wenn du hoch oben auf dem Zehnmeterbrett im Schwimmbad an der Forster Heide stehst und alle »Feigling, Feigling!« rufen, ist das eine Situation, die für deinen Ruf in der Schule eine ziemlich große Bedeutung haben kann – vor allem, wenn du zehn Jahre alt bist und nicht springst. Mit mutig oder feige sein hat es aber eigentlich nicht viel zu tun. Trotzdem war Joey sich irre mutig vorgekommen, als er es damals gewagt hat.

In dem Moment, in dem der Fischtrawler auftaucht, ist Joey klar, dass es sehr bald darauf ankommen könnte, hier und da seinen Mut zu beweisen. Fische sind mit diesem Trawler sicher schon lange nicht mehr gefangen worden. Die Kräne und Winden im Heck des Bootes sind eingerostet, Netze hängen keine daran. Auf einer

Plattform zwischen den Trägern haben die neuen Nutzer einen riesigen, etwa zwei Meter hohen Käfig angeschweißt. Joey kann darin ein paar Menschen erkennen, die sich in einer Ecke zusammenkauern.

Am Bug des Schiffs steht eine Gestalt mit einer schweren Waffe auf der Schulter und hält Aussicht.

»Damit kannst du einen Panzer zerstören«, hört Joey jemanden sagen.

»Das sind Piraten«, sagt Maggie.

»Bei uns gibt es nicht viel zu erbeuten«, murmelt Joey.

»Außer uns selbst«, sagt Maggie. »Die betreiben so eine Art modernen Sklavenhandel. Das habe ich mal irgendwo gelesen.«

»Wir sollten abhauen.« Joey läuft ein kalter Schauer über den Rücken. Wie schnell ein solches Boot wohl sein mag? Und wie schnell ist die *Butterfly*? Nicht weit entfernt manövriert noch das Schlauchboot zwischen den Trümmern des Schiffsunglücks. Außerdem können sie Hunter, Rebel und die anderen nicht einfach hier zurücklassen.

Der Erste Offizier schüttelt den Kopf. »Wir würden ihnen hier im offenen Gewässer nicht entkommen«, sagt Holzmann. »Bei dieser Bewaffnung haben wir keine Chance. Manchmal haben sie nur ein paar alte Flinten und kommen mit einem altersschwachen Kahn mit Außenbordmotor, aber diese hier sind Profis. Wahrscheinlich haben sie die *Soul Saver* schon die ganze Zeit verfolgt. Wir hatten mehrmals nicht zu identifizierende Objekte auf dem Radarschirm. Vielleicht haben sie auch etwas mit der Explosion zu tun, obwohl ich das nicht glaube. Ein Schiff wie die *Soul Saver* ist viel zu wertvoll, da erhoffen sie sich große Beute.«

»Und jetzt?«, fragt Maggie.

Holzmann zuckt die Achseln. »Jetzt müssen wir verhandeln und erst einmal hoffen, dass sie gut drauf sind. Zu bieten haben wir ihnen hier an Bord der *Butterfly* nichts.«

»Außer uns selbst«, wiederholt Joey nun Maggies Worte.

Neben der Gestalt am Bug des Trawlers tauchen weitere Personen auf. Sie tragen genau wir der Typ mit der Panzerfaust Klamotten, die zum größten Teil aus irgendwelchen Armeebeständen zu stammen scheinen: Cargohosen in Flecktarn, ebensolche Westen mit aufgenähten Taschen, Patronengurte. Joey glaubt, auch eine Machete zu erkennen, auf jeden Fall mehrere Maschinenpistolen, einer trägt eine Armbrust. Ein Lautsprecher kracht und scheppert, und eine rauchige Frauenstimme bellt Befehle zu ihnen herüber. Sie rät ihnen, keinen Ärger zu machen. Sonst bekämen *sie* Ärger.

»Ich bin Florence Seydoux, aber nennt mich Käpt'n, das reicht.«

»Tja, es gibt immer mehr Frauen in Führungspositionen«, flüstert Maggie mit einem ironischen Lächeln.

Holzmann steuert die *Butterfly* längsseits und öffnet die breite Klappe im Heck der Kapsel. Ein paar der Piraten springen augenblicklich von dem Trawler an Bord. Schüsse fallen, zum Glück sind es nur Warnschüsse in die Luft. Ein wüstes Gebrüll setzt ein, und auch ohne die Sprache zu verstehen, ist Joey klar, dass sie die Hände hinter dem Kopf verschränken und sich flach auf den Boden legen sollen. Zu erkennen geben sich die Angreifer nicht. Sie haben sich Tücher um die Köpfe geschlungen, die nur die Augen frei lassen.

Einer bewacht die Gefangenen, die anderen durchsuchen die *Butterfly*, hektisch und immer ruppiger reißen sie alles auf und ab, was nicht niet- und nagelfest ist. Jedoch müssen sie bald erkennen, dass es bei diesem Fang nicht viel gibt, das in bare Münze verwandelt werden könnte.

Maggie liegt direkt neben Joey, auf der anderen Seite schaut Joey ins Gesicht von Nummer 11, dem Typen mit dem Dutt.

»Kein Augenkontakt und allen Befehlen sofort folgen. Sie lassen sonst einen als abschreckendes Beispiel über die Klinge springen«, flüstert er. »Oder einfach, weil sie Spaß daran haben.«

Ihr Bewacher tritt sofort neben sie und drückt den Lauf seiner Maschinenpistole auf die Stirn von Nummer 11. Er schreit etwas in einer Sprache, deren kehliger Sound Joey völlig fremd ist.

Nachdem die Piraten festgestellt haben, dass nichts auf diesem kleinen Boot zu holen ist, befehlen sie allen an Bord, aufzustehen und über eine Strickleiter hinauf auf den Trawler zu klettern.

»Was ist mit den anderen?«, zischt Maggie Joey zu. »Wir müssen auf sie warten!«

Joey tritt aus der Reihe, die sich an der Strickleiter gebildet hat. »Da draußen sind noch Freunde von uns«, ruft er. Er handelt sich einen schmerzhaften Stoß mit dem Kolben eines Maschinengewehrs ein, aber er versucht es noch einmal: »Our friends, out there«, fleht er. Er nimmt die Hand von seinem Hinterkopf und deutet hinaus auf die See. Dieses Mal ist der Schlag noch härter.

Die Beschimpfungen des Piraten kochen hoch. Der drahtige Kerl mit einem roten Tuch um die Stirn, das seine schwarzen struppigen Haare kaum bändigt, zerrt Joey aus der Reihe der Gefangenen. Er richtet die Waffe auf ihn.

»Nicht!«, schreit Maggie. Sie springt auf den Piraten zu.

Ihr Stoß ist so heftig, dass der Pirat zur Seite stürzt und fast ins Wasser fällt. Seine Waffe schlittert über den Boden. Einer seiner Kumpane fängt sie auf.

Erst die wütenden Rufe der Anführerin, die vom Trawler aus das Treiben ihre Leute beobachtet hat, stoppen die Auseinandersetzung.

Die Männer gehorchen und verfrachten ihre Beute auf den Trawler.

Als Maggie und Joey über die Reling klettern, erwartet sie dort der Käpt'n. Florence Seydoux zwinkert ihnen anerkennend zu. »Feiglinge seid ihr nicht, das steht schon einmal fest«, sagt sie in tadellosem Deutsch mit einem freundlich klingenden französischen Akzent.

Joey hat nur einen düsteren, hasserfüllten Blick für sie übrig. Ihm ist es ziemlich egal, ob man ihn einen Feigling schimpft oder nicht. Sein Schädel dröhnt. Er hat keinerlei Idee, wie er diese Frau dazu bringen soll, nach dem Schlauchboot zu suchen. Er weiß nicht einmal, ob es nicht besser ist, wenn Hunter und Rebel und die anderen bleiben, wo sie sind, statt ebenfalls in die Hände der Piraten zu fallen.

Den Willen von Käpt'n Seydoux kann er sowieso nicht beeinflussen. Seydoux fischt sich den Ersten Offizier aus der Gruppe und beordert ihn auf die Brücke. Holzmann folgt dem Befehl.

»Der verkauft uns doch für ein Butterbrot an diese Verbrecher«, knurrt die Nummer 11.

Mit weiteren Knuffen und Schubsereien werden alle zu dem Käfig am Heck des Trawlers gebracht. Beim Anblick der Gestalten, die darin hocken, atmet Joey hörbar auf. Er stupst Maggie in die Seite.

»›Unkraut vergeht nicht‹, sagt meine Mutter immer.«

Auch Maggies Miene erhellt sich. »Jaden!«, seufzt sie erleichtert.

Jaden, Hunter, Rebel und auch Silver erheben sich auf der anderen Seite der Gitterstäbe.

»Sie will jetzt Rose genannt werden«, sagt Hunter.

»Wie schön! Endlich hat sie sich durchgerungen«, sagt Maggie. »Kommt ihr, um uns zu befreien?«

»Sieht irgendwie nicht danach aus«, antwortet Silver.

Joey entdeckt das Blut auf Hunters Klamotten. »Verdammt, was ist mit deinem Ohr passiert?«

»Nur ein Kratzer. Da saß einem der Finger am Abzug der Armbrust ein wenig locker.« Hunter quält sich ein Lächeln ab.

MAGGIE

Maggie weiß nicht, wie lange sie in diesem Käfig über die endlose Weite des Ozeans geschippert sind. Nach einiger Zeit taucht ein weiteres Boot auf. Sowohl bei der Besatzung als auch unter den Gefangenen macht sich Unruhe breit. Das andere Schiff ist größer und schneller. Eine halbe Stunde später liegt es neben dem Trawler, und weitere wenig vertrauenerweckende Gestalten mit schweren Waffen im Anschlag kommen an Bord. Sie verziehen sich mit Käpt'n Seydoux unter Deck, kommen nach einer Weile zurück und picken sich ein paar der Gefangenen heraus.

Einer wirft auch einen Blick auf Maggie, aber sie hat Glück. Sie darf bei den anderen bleiben.

Zum Tausch werden ein paar Kisten an Bord des Trawlers gebracht.

»Ich glaub, das läuft hier alles ohne Quittung«, flüstert die Nummer 11. Er quält sich ein Grinsen ab. »Ich bin im echten Leben Steuerberater.«

Die Sonne scheint inzwischen erbarmungslos auf sie

herab. Immerhin hat Käpt'n Seydoux wenigstens ein bisschen Mitleid mit ihnen und lässt ein Segeltuch über dem Käfig aufspannen. Trotzdem glüht Maggies Haut vom Sonnenbrand.

Auf dem Trawler fühlt sich ihr Trip schon eher wie eine Seereise an. Vorher, auf der *Soul Saver*, umgeben von Stahl und Luxus, war es ein abenteuerlicher Ausflug, der nicht viel forderte. Jetzt sieht die Sache anders aus.

Maggie fragt sich, ob diese Handvoll Jammergestalten – eine bessere Bezeichnung fällt ihr gerade wirklich nicht für sich und die anderen ein – die einzigen Überlebenden der *Soul Saver* sind. Außer ihrer eigenen Gruppe sind da noch Silver, der ältere Mitspieler mit der Nummer 11, der ehemalige Erste Offizier Holzmann, die nervige Blonde und drei Japaner, die Maggie bisher gar nicht aufgefallen waren. Dazu kommen ein Quarterback aus irgendeiner amerikanischen College-Mannschaft und ein weiterer Amerikaner, der schon mehrmals kundgetan hat, dass er Jura in Harvard studiert und Rupert Milton auf Schadensersatz verklagen werde, aber so was von. Ein schwarzhäutiger Junge, der letzte im Bunde, starrt nur mit ausdrucksloser Miene vor sich hin. Nur wenn er sich unbeobachtet fühlt, huscht gelegentlich ein verächtliches Lächeln über seine Lippen.

Irgendwann hockt Maggie sich zu ihm, genau in der Haltung, die er die schon die ganze Zeit eingenommen hat: eine Hocke mit breit auseinanderstehenden Füßen, bei der das Gesäß immer knapp über dem Boden schwebt. Überrascht stellt Maggie fest, dass dieser Hocksitz einigermaßen bequem ist. Sie stellt sich vor und fragt ihn auf Englisch nach seinem Namen.

»Du kannst deutsch mit mir reden«, gibt er auf Deutsch mit einem schweizerischen Akzent zurück. Besonders freundlich klingen seine Worte allerdings nicht. »Ich bin Bouna.«

»Störe ich?«, fragt Maggie.

»Wieso?«, fragt Bouna zurück.

»Klang so. Wenn du gerade wichtigere Dinge zu tun hast …« Maggie versucht, es nicht zickig klingen zu lassen.

Das ringt Bouna ein Lächeln ab. »Sorry.«

»Schon gut«, antwortet Maggie. »Wir sind wohl alle ein bisschen angespannt.«

»Und die nächsten Antworten heißen: Senegal und Nein.«

Maggie schaut ihn verdutzt an.

»Na ja, die zweite Frage ist meistens, woher ich stamme, und das ist der Senegal, was eigentlich nicht stimmt, weil ich in der Schweiz geboren wurde. Aber meine Eltern stammen aus dem Senegal. Und die dritte Frage ist, ob du mal meine Haare anfassen darfst.«

Nun muss Maggie grinsen. »Erwischt«, sagt sie. Obwohl sie die Haare nicht anfassen wollte, sind sie ihr aufgefallen, und sie hat sich zumindest gefragt, wie sich die dichte schwarze Krause anfühlt.

»Manche tun es einfach«, sagt Bouna.

»Was?«, fragt Maggie.

»Sie anfassen. Und zwar ohne zu fragen. Ich bin kein Affe im Käfig. Die darf man übrigens auch nicht anfassen. Nicht einmal füttern.«

Maggie seufzt. »Gegen füttern hätte ich gerade nichts.«

Bouna ahmt ihren Seufzer nach. »Ich auch nicht. Die ganze Sache ist ziemlich fies danebengegangen, was?«

»Das kannst du wohl sagen.«

Maggie fällt jetzt erst auf, dass Bouna keinen der Overalls trägt. Er sitzt in einer fleckigen Surfer-Shorts mit Hibiskusblüten darauf und einem langärmeligen T-Shirt vor ihm, dessen Aufdruck aus knallbunten japanischen Schriftzeichen und einem Godzilla besteht, der gerade ein Doppeldeckerflugzeug zerreißt. Schuhe oder etwas Ähnliches scheint er nicht zu besitzen.

»Wo sind deine Klamotten?«

»Gefällt dir das nicht?«

»Ich meine den Overall.«

»Ich stand unter der Dusche, als der ganze Mist losging. Das hier hat mir eines der Crewmitglieder gegeben.« Auf Maggies erstaunten Blick fügt er hinzu: »Nicht die Crew der *Seven Souls*. Einer von den Piraten. Das Zeug stinkt, aber immerhin muss ich nicht ohne alles hier sitzen.«

Der amerikanische Jurastudent drängt sich an ihnen vorbei und stößt Bouna dabei um. »Das kann man wohl sagen, dass du stinkst. Aber das liegt nicht an den Klamotten. – Hat er dich belästigt?«, wendet er sich an Maggie.

Maggie springt auf. »Spinnst du?«

»Diese Ni… «, im letzten Moment verschluckt er den Rest des Wortes, aber Maggie weiß, wie er Bouna bezeichnen wollte. »Sie lassen die Finger nicht von unseren Frauen.«

»Ich wüsste nicht, wen du mit ›unsere Frauen‹ meinst«, zischt Maggie. »Dich fasst doch ganz sicher keine an.«

Der Amerikaner rückt ihr auf die Pelle. Auge in Auge stehen sie sich gegenüber. Maggie kann den sauren Atem des Typen riechen.

»Doug, diese kleine Bitch …«

Weiter kommt er nicht. Hunter ist unauffällig von hinten an ihn herangetreten und hat sich die Hand des

Großmauls gegriffen. Es sieht aus, als hielten sie Händchen, aber Maggie weiß, dass diese Bezeichnung völlig fehl am Platz ist für den Griff. Woher Hunter ihn hat, weiß sie nicht, aber er bohrt dabei einen Daumen so zwischen die Handknochen, dass der Schmerz blitzartig ins Gehirn fährt und bei jeder Bewegung, die man macht, unerträglich stark wird.

»Du willst doch keinen Ärger machen, oder?«, presst Hunter durch die Zähne.

Maggie verkneift sich ein Grinsen. Hunter spielt gerne den Obercoolen und lässt heraushängen, dass er ein Straßenköter ist, mit dem man sich besser nicht anlegt. Aber eigentlich ist sein Gebaren die reine Pose. So erbarmungslos er in den Computerspielen herumballert, so harmlos ist er im echten Leben.

»Du rassistischer Affe willst doch nicht, dass ein paar von den Leuten, die hier das Sagen haben, ein Auge auf dich werfen?« Hunter deutet auf die Bande der Piraten. Die Besatzung des Trawlers ist eine wilde Mischung aus allen Kontinenten.

Der Amerikaner schreit auf, als Hunter fester zudrückt. »Das wirst du bereuen«, wimmert er.

»Hör auf, Hunter«, sagt Maggie.

»Was macht ihr da?«

Direkt neben ihnen, auf der anderen Seite der Gitterstäbe, steht einer der Piraten. Er saß die ganze Zeit im Schatten und schien zu dösen. Im Hosenbund steckt ein Revolver

»Nichts, oder?« Hunter lässt den Amerikaner los und zwinkert ihm dabei noch einmal zu.

Der Amerikaner nickt.

»Wir haben Durst. Wir brauchen mehr Wasser«, lenkt Maggie ab.

Ihr Bewacher knurrt etwas Unverständliches und ruft nach einem jungen Typen, der so etwas wie ein Schiffsjunge zu sein scheint. Maggie hat schon mehrmals gesehen, dass die anderen Besatzungsmitglieder ihn nach Belieben herumscheuchen können.

Er bringt ihnen einen Blechkanister, der früher fünf Liter Speiseöl enthalten haben muss, zwischenzeitlich jedoch für Maschinenöl genutzt wurde. Danach schmeckt nämlich das Wasser, das sich trotzdem alle gierig durch die Kehle laufen lassen. Nur die blonde Influencerin spuckt es wieder aus und einer der Japaner kippt sich ein bisschen in die Hand und wischt sich damit durchs Gesicht. Darauf entreißt der angehende Anwalt ihm den Kanister, vergießt dabei mehr als einen Schluck, und versetzt dem Japaner mit der flachen Hand einen Schlag gegen den Hinterkopf. »Verdammter Japse«, giftet er ihn an.

Was dann passiert, vollzieht sich in Sekundenschnelle. Maggie kann den Bewegungen kaum folgen.

Der Japaner vollführt ein paar schnelle Kampfbewegungen, versetzt dem Amerikaner drei Schläge und Tritte, einen davon so vor die Brust, dass diesem die Luft aus den Lungen entweicht. Er sackt in sich zusammen, und schon dreht der Angreifer ihn auf den Bauch, reißt den Kopf nach hinten und zerrt ihm den Arm weit auf den Rücken.

Alle springen auf. Einige mit entsetzten Blicken, im Gesicht des einen oder anderen blitzt Erleichterung auf, dass endlich etwas passiert. Die Miene des Japaners bleibt die ganze Zeit völlig gleichmütig, fast desinteressiert, als sei er ein Roboter.

»Schluss jetzt!« Vor dem Gitter des Käfigs steht Käpt'n Seydoux. Sie richtet eine Maschinenpistole auf die beiden Streithähne. »Wenn ihr Jungs euch nicht benehmt, geht ihr über die Reling und werdet Fischfutter. Habt ihr das verstanden?«

Der Japaner lockert seinen Griff. Der Amerikaner verflucht den anderen und verspricht ihm, dass noch nicht das letzte Wort gesprochen ist. Er hält sich die Schulter.

»Ist sie ausgekugelt?«, fragt Maggie den Amerikaner.

Der schaut sie misstrauisch an. »Keine Ahnung«, antwortet er. »Ich glaube nicht.«

»Ich bin Maggie«, sagt Maggie.

»Russell«, stellt der Amerikaner sich vor.

»Vielleicht benimmst du dich ein kleines bisschen weniger wie ein Arschgesicht, Russell. Es sieht ganz danach aus, als hätten wir hier genug Ärger auf der anderen Seite der Gitterstäbe und würden besser an einem Strang ziehen, okay?«

Russell antwortet nicht, nickt aber zustimmend.

»Oh, der Beginn einer großen Freundschaft«, frotzelt Rebel, als Maggie sich wieder zu den anderen hockt.

Maggie zeigt ihr einen Stinkefinger. Danach signalisiert sie Bouna, dass er herüberkommen soll.

Bouna zögert, aber er hockt sich zu ihnen. Maggie stellt ihm die anderen vor, dann legt sie sich hin und schließt die Augen. Sie hat Hunger. Alle haben Hunger.

Aber zu essen gibt es nichts. Erst als die Sonne hoch über ihnen steht, schiebt ein Typ, der nur eine schmuddelige Shorts und ausgetretene Flipflops trägt, ein paar Blechschalen mit Reis und einer undefinierbaren Soße zwischen den Gitterstäben durch. Auf den ersten Blick scheint der Koch eine dunkle Hautfarbe zu haben, als er jedoch vor dem Käfig stehen bleibt und in einer fremden Sprache auf sie einredet, sieht Maggie, dass jeder Millimeter seines Körpers tätowiert ist, auch das Gesicht, der Schädel, sogar die Handinnenflächen. Die helleren Stellen sind von der Sonne so braun gebrannt, dass man die Blumen und Vögel und anderen Tiere des Urwalds nur bei ganz genauer Betrachtung erkennen kann.

»Was ist das für ein Zeug?«, fragt die Influencerin. »Und wo ist das Besteck? Das ist ja wohl nicht wahr! Sollen wir mit den Fingern essen?« Seit sie in den Händen der Piraten sind, jammert sie allen die Ohren voll, wovon Maggie wiederum die Nase voll hat.

Maggie nimmt die Schale der Zicke, greift mit ihren Fingern hinein und stopft sich einen der Klumpen, die aus der Soße ragen, in den Mund. Sie wundert sich über sich selbst, niemals hätte sie früher so etwas getan, aber Maggie spürt, dass sich etwas in ihr verändert hat.

Es handelt sich bei dem Brocken zweifellos um Fisch, das schmeckt und riecht Maggie sofort. Dann explodiert ein anderer Geschmack auf ihrer Zunge: ein fruchtiges Aroma, das sofort von einer Schärfe abgelöst wird, die ihr die Tränen in die Augen treibt. »Wow«, entfährt es Maggie.

Die anderen haben sich ebenfalls über ihre Schüsseln hergemacht und erleben die gleiche Überraschung.

»Scheiße, das ist scharf«, stöhnt Hunter.

Joey saugt Luft zwischen die Zähne und greift instinktiv nach dem Wasserkanister, der aber leer ist.

»Ich vertrage kein scharfes Essen«, plärrt die Influencerin. »Außerdem hat die da in meinen Teller gefasst.« Sie zeigt mit ausgestrecktem Zeigefinger auf Maggie.

»Du nervst«, sagt Silver. »Wenn du es nicht willst, nehme ich es gerne. Wer weiß, wann es wieder etwas gibt.«

Für weiteres Gejammer bleibt keine Zeit, denn unter der Besatzung breitet sich Unruhe aus. Ein paar der Seeleute, die ebenfalls an Deck gegessen und sich danach einen Brandy oder eine Zigarette gegönnt haben, eilen nach vorne. Sie bauen sich am Bug des Trawlers auf und schimpfen aufeinander ein.

»Verdammt, der Käpt'n findet diesen gottverlassenen Fleck, egal, wie viele Satelliten vom Himmel fallen«, sagt einer voller Anerkennung.

DER WÄCHTER

Immer wenn jemand von einem todsicheren System spricht, sollte man vorsichtig sein. Eigentlich klingt es so, als sei todsicher die höchste Steigerungsform von sicher. Sicherer als todsicher geht es nicht.

Vielleicht heißt es aber: Wenn eine todsichere Sache doch misslingt, bleibt danach nur – der Tod. Entweder es klappt, oder du gehst hops. Oder so ähnlich.

Als ich meine Aufgabe übernommen habe, bin ich davon ausgegangen, dass die ganze Nummer todsicher ist. Aufregend und spannend könnte es werden, das war klar. Und vielleicht bricht sich einer das Bein oder stößt sich den Kopf oder holt sich eine blutige Nase. Was halt so bei einem Pauschalurlaub passiert, den man nicht in einer Hotelanlage an der Costa del Sol mit All-you-can-eat-Buffet und jeder Menge Animateuren verbringt.

Es konnte schließlich niemand ahnen, dass ein geomagnetischer Sturm dazwischenkommt, wie ihn unser Sonnensystem schon seit ein paar Zehntausend Jahren nicht gesehen hat. Ich bin überrascht, dass es eine Naturge-

walt gibt, der sogar ein Rupert Milton nicht gewachsen zu sein scheint.

Miltons Beteiligungen an verschiedenen Raumfahrtunternehmen dienen eigentlich nur seinem Plan, im Falle von irgendwelchen Katastrophen von diesem Planeten herunterzukommen. Eine eigene vollkommen autarke Station im Orbit, die sich für Jahrzehnte selbst versorgen kann, mit allem, was ein paar Auswandererfamilien brauchen. Daran arbeitet er. Auf der Erde verfügt er auf jedem Kontinent über mindestens eine unterirdische Bunkeranlage. Gas-, Biowaffen-, Atomangriffe? Überschwemmungen, Dürrekatastrophen? Selbst wenn die kompletten Rocky Mountains in den Pazifik abrutschen oder das antarktische Eis in einer Woche schmilzt. Milton und seine Auserwählten überleben das alles. Dass ein Sonnensturm alles so durcheinanderbringt, hätte ich nicht gedacht.

Die armen Kids, sage ich nur.

REBEL

Rebel hat jegliches Zeitgefühl verloren. Wie lange es gedauert hat, bis sich endlich etwas tut, kann sie nicht mehr sagen. Irgendwann nimmt eine Insel erkennbare Formen an. Sie scheint nicht sehr groß zu sein, vielleicht dehnt sie sich in der Länge noch ein Stück aus, aber das kann man aus der Richtung, aus der der Trawler sich ihr nähert, nicht erkennen. Von dieser Seite aus gesehen hat sie jedenfalls eine rundliche Form, als sei eine Kugel ins Wasser gefallen. Was anfangs noch wie dunkler Fels erschien, nimmt zusehends eine grüne Farbe an. Es dauert eine ganze Weile, bis Rebel Details erkennen kann.

Hier und da stechen ein paar Palmen heraus, ansonsten ist die Insel von einer halbhohen Vegetation bedeckt. Und jetzt wird auch die genaue Form der Insel immer deutlicher.

Rebel runzelt die Stirn. »Irgendwie erinnert mich das an etwas. Was meinst du …?« Eigentlich wollte Rebel noch Jadens Namen anfügen, aber auch sie ist noch verunsichert. Sie muss sich erst an den neuen Namen, an die neue Rose gewöhnen. Obwohl es manches auch so viel einfacher macht. Mädchen unter sich. Rebel gefällt das. Sie findet es gut, dass die Sache nun heraus ist. In den Stunden im Käfig haben sie sich eine ganze Weile leise darüber unterhalten.

»Es ist gar nicht so, dass ich eine Wahl hätte. Man wacht nicht einfach morgens auf und denkt, ab heute bin ich kein Junge mehr, sondern ein Mädel. Ich hab es mir nicht ausgesucht, aber es ist mir immer schon klar gewesen, dass ich im falschen Körper stecke«, hat Jaden – hat Rose gesagt.

»Und willst du jetzt das volle Programm machen?«, hat Rebel gefragt. »So mit Angleichung und so weiter?«

»Irgendwann, ja. Erst einmal ist das aber nicht die wichtigste Frage. Auch wenn Hunter einen Knoten im Hirn kriegt.«

Darüber haben sie gelacht. Aber Hunter ist in Ordnung. Um den muss man sich keine Sorgen machen. Bei anderen vielleicht schon, hat Rebel sich gedacht, aber in diesen Stunden sind die anderen zu Hause das kleinste Problem. Zu Hause ist ziemlich weit weg, und wenn Rebel ehrlich ist, hatte sie schon ein paarmal Zweifel daran, ob sie ihr Zuhause überhaupt noch einmal wiedersehen werden.

Im Augenblick ist für alle nur diese grüne Halbkugel

von Interesse, denn die ist das Ziel, das Käpt'n Seydoux anpeilt.

»Ein Totenkopf«, flüstert Rebel. »Die Insel erinnert an einen Totenkopf.«

»Stimmt«, flüstert Rose.

»Ein Totenkopf«, schallt es in diesem Moment auch aus der Gruppe der anderen Passagiere.

»Geil.« Das kommt von Hunter. »Hier hat einer Humor. Wer weiß, vielleicht steigt die Insel in der Nacht komplett aus dem Meer, und ein gigantisches Skelett wandert über das Wasser.«

»Du guckst zu viele Horrorfilme«, stoppt Rebel seine Fantasien.

Joey wirft einen Blick zum Himmel. »Das dürfte die westliche Seite sein«, sagt er. Rebel fragt sich, warum das interessant oder gar wichtig ist, schweigt aber. Wenn es denn die Westseite ist, kennzeichnet sie sich dadurch aus, dass die Felsen hier steil ins Meer abfallen. Es gibt keine flacheren Stellen oder gar Strände, an denen ein Boot wie der Trawler anlegen könnte. Außer, man würde in eine der beiden dunklen Grotten fahren, die von Weitem wie die tiefen Augenhöhlen eines Totenkopfs aussehen.

»Da ist was!«, ruft der Quarterback. Er reckt und streckt sich. »Dort im Wasser.«

Das Wasser hier ist smaragdgrün. Ein paar Meter

kann man in die glasklare Tiefe blicken. Dort schwimmt etwas herum, das sieht auch Rebel, aber blitzschnell verschwinden die Wesen, die sich eben noch in der Strömung getummelt haben.

»Was denn?«, fragt der angehende Anwalt.

Der Quarterback zieht seinen Landsmann zur Seite, aber Rebel, die Rücken an Rücken mit Maggie sitzt, hört, was er sagt.

»Diese Dinger, diese, du weißt schon, die es auch in so einem Disney-Film gibt«, stottert er.

»Du hast Arielle gesehen? Alter, hast du einen Sonnenstich?«, fragt Russell.

»So was in der Art. Eine wie in *Seven Souls*, wie im Spiel. Die Kämpferinnen, die du im sechsten Level als Bonus bekommen konntest, wenn du eines der Inselreiche erobert hast. So eine Meerjungfrau, eine Nixe, weißt du, so eine mit einem Fischschwanz.«

»Und vielen sehr fiesen und tödlichen Giftzähnen«, flüstert Maggie Rebel zu.

»Du *hast* einen Sonnenstich«, sagt Russell. »Dreh nicht durch, Alter.«

Doug gibt ihm für diese Bemerkung einen harten Stoß. Russell kippt fast um, rempelt einen der Japaner an und entschuldigt sich eilig: »Keine Absicht, Kumpel, alles gut, ja?«

Einer aus der Besatzung hat die Worte ebenfalls gehört. Rebel sieht, wie er die Zähne fletscht, schmutzige gelbbraune Stummel kommen zum Vorschein, spitz wie kleine Dolche. In seinem Blick flackerte eine Mischung aus Wahnsinn und Belustigung. Er nickt und murmelt etwas auf Französisch, das Rebel nicht versteht.

Der Steuermann dreht bei und beginnt, die Insel zu umrunden.

Wenn Joeys Bestimmung der Himmelsrichtung stimmt, muss dies nun der südliche Teil dieses grünen Fleckens inmitten der unendlichen blau und silbern schimmernden Weite sein. Rebel hat in Erdkunde meistens mit offenen Augen gedöst oder den Blick aus dem Fenster schweifen lassen, um von den Ländern zu träumen, über die Herr Kappenstein, der Erdkundelehrer, Vorträge hielt, die mindestens so gleichförmig waren wie der Ozean jetzt um sie herum. Nun bereut sie es.

Sie würde liebend gerne wissen, wo genau auf der Erdkugel sie sich nun befinden und mit was sie auf dieser Insel zu rechnen haben. Es ist jedenfalls nicht zu erwarten, dass ein gut aussehender Hoteldirektor gleich ein exotisches Begrüßungsgetränk reichen und sie mit einem »Herzlich willkommen im Club d'Fleur Exotique! Fühlen Sie sich wie zu Hause in unserem Paradies!« begrüßen wird.

Besonders einladend wirkt auch diese Küste nicht, denn sie besteht aus schroffen Felsklippen, an denen sich die Wellen brechen. Hohe Wellen, die es unmöglich machen, an Land zu gehen. Erst als sie um einen tief ins Meer ragenden Sporn aus kantigem schwarzen Gestein steuern, verändert sich das abweisende Bild.

»Guck mal, ein Sandstrand«, ruft die Influencerin aus. »Ist der weiß! Und das Wasser, das ist der Hammer. Wie kriegt man denn so klares Wasser hin? Oh mein Gott, ich würde so gerne eine Insta-Story drehen. Ich könnte aus dem Wasser steigen und mir die nassen Haare zurückstreichen, und dann würde ich eine Slow-Motion einbauen und mich in den Sand fallen lassen. So einen sauberen Strand habe ich noch nie gesehen, dabei habe ich schon einmal eine Promotiontour zu den zehn schönst…«

Sie unterbricht ihren Mitteilungsdrang mitten im Wort. Entweder hat sie begriffen, dass sich niemand für den Werbekram interessiert, für den sie auf ihren Social-Media-Kanälen bezahlt wird, oder ihr ist das kleine Detail, auf das Maggie nun deutet, selbst schon aufgefallen.

»Mach deine Augen auf«, sagt Maggie so schroff, wie Rebel sie selten erlebt hat. Sie muss grinsen, denn eigentlich ist dieser Tonfall eher ihr Markenzeichen, nur dass sie noch ein »… du blöde Tussi« angefügt hätte.

»Sind das Haie?«, fragt Joey, der sich zwischen die Mädchen gedrängt hat, um besser sehen zu können.

»Ich würde sagen, das sind ziemlich viele Haie«, sagt Hunter.

»Und ziemlich große«, fügt Silver noch hinzu. »Jedenfalls wenn man das an ihren Rückenflossen messen kann.«

Der Trawler hat sich dem Strand genähert. Jetzt erkennt man, dass das Wasser entlang einer dunkelblauen Linie schlagartig tiefer wird. Dort verläuft eine Riffkante, vor der sich ein ganzer Schwarm dieser schwarzen Gestalten tummelt. Sie kreisen, wenden urplötzlich und ändern die Richtung, gelegentlich entsteht ein kleiner Tumult, das Wasser schäumt, dann herrscht wieder völlige Stille.

»Guck dir den an«, flüstert Russell. In seiner Stimme liegt eine Mischung aus Begeisterung und Grusel. »Der ist mindestens fünf Meter lang.«

»Oder mehr«, jammert jemand anderes. »Sind das Weiße Haie?«

»Mal den Teufel nicht an die Wand«, meldet sich die Nummer 11 zu Wort.

»Ich habe gehört, dass Menschen gar nicht zu ihrer bevorzugten Beute gehören«, murmelt Hunter.

»Das kannst du ihnen dann ja erzählen, wenn sie dir gerade ein Bein abreißen«, sagt Rebel.

»Ich mag deinen Humor«, hört sie die Stimme von Bouna neben sich.

Käpt'n Seydoux macht den Spekulationen ein Ende. Sie baut sich vor dem Käfig auf: »So oder so solltet ihr nicht auf die Idee kommen, hier ins Wasser zu gehen. Sobald ihr nur den dicken Zeh hineinsetzt, stehen sie alle bereit fürs Frühstücksbuffet.« Sie zieht einen Schlüssel hervor und steckt ihn in das Schloss an der Kette, die bisher die Tür zu dem Käfig gesichert hat.

Silver ist neben Rebel und Bouna getreten. Ohne eine Miene zu verziehen, presst sie zwischen den Zähnen hervor: »Ich befürchte, das ist einer der letzten Augenblicke, in denen wir hier noch das Ruder in die Hand nehmen können.«

Rebel wendet sich zu ihr. Silver meint es ernst. Sie glaubt wirklich, dass es noch eine Chance gibt, sich aus der Hand der Piraten zu befreien. Ein Blick auf die entsicherten Waffen der Besatzungsmitglieder müsste Silver eines Besseren belehren.

Einer der Kerle bedeutet ihnen, aus dem Käfig an Deck zu treten. »Einzeln einer nach dem anderen und in einer Reihe aufstellen. Die Arme über den Kopf. Da rüber!«, blafft er sie an.

Ein paar der Männer lassen ein Boot zu Wasser, das auch schon bessere Tage gesehen hat.

»Damit würde ich nicht einmal zum Angeln über einen Dorfweiher rudern«, sagt jemand.

»Musst du auch nicht, also rudern meine ich«, sagt Hunter. »Es hat einen Außenbordmotor.«

»Klugscheißer.« Der Typ gibt Hunter einen Stoß.

Sofort ist einer der Bewacher zur Stelle und stößt ihm den Lauf seiner Maschinenpistole in den Rücken. »Wer hier Mätzchen macht, wird Fischfutter«, schreit er.

Das Beiboot setzt auf dem Wasser auf. Sofort versammeln sich die schwarzen Schatten um die hölzerne Nussschale. Die Oberfläche gerät in Unruhe.

»Ich steig da nicht ein«, kreischt Russell.

»Ihr tut genau das, was ich sage. Ihr steigt alle da rein, und ihr fahrt alle da rüber. Ihr könnt froh sein, dass wir euch nicht einfach über Bord werfen. In einer Stunde wäre kaum noch etwas von euch übrig, und der Ozean würde den Mantel des Schweigens über alles werfen.« Käpt'n Seydoux' Stimme ist unerbittlich.

Sie beeindruckt mehr als die Waffen ihrer Leute, stellt Rebel fest, denn einer nach dem anderen folgt ihrem Befehl. Und obwohl Seydoux und ihre Mannschaft eindeutig eine Truppe von üblen Verbrechern sind, spürt Rebel auch so etwas wie Bewunderung für sie. Vielleicht, weil Seydoux eine Frau ist, und die erwartet man nicht an der Spitze eines solchen Haufens.

»Der Alte und du da, ihr bleibt an Bord bei uns.« Sie deutet auf Nummer 11 und Holzmann.

»Auf keinen Fall.«

Holzmann wehrt sich. Nummer 11 schaut teilnahmslos zu, wie der ehemalige Erste Offizier ein paar Hiebe abkriegt.

»Irgendwer muss schließlich die frohe Botschaft überbringen, dass es Überlebende gibt. Und dass Florence Seydoux gerne eine hübsche Summe über Kost und Logis für die Herrschaften in Rechnung stellt.«

Damit bestätigt sie, was die Gefangenen sich bereits gedacht hatten. Es geht um Lösegeld.

»Dieser verdammte Milton muss für uns zahlen. Er muss!«, bekräftigt Russell mehrmals, so als müsste er es sich selbst einreden. »Und anschließend verklagen wir ihn auf Schadensersatz. Mi-lli-ooo-nen! Dreistellig!«

Seydoux lacht. »Der Typ gefällt mir. Sehr geschäftstüchtig. Also passt schön aufeinander auf, jeder von euch ist vielleicht eine ordentliche Stange Geld wert. Und jetzt steigt in diese verfluchte Nussschale.«

Ein paar Minuten später stehen alle in dem feinen weißen, aber auch heißen Sand.

»Na, wie sieht es aus mit deinem Videoclip«, äfft einer die Influencerin nach. »Gleich morgen geht der viral, oder was?«

Die junge Frau zieht nur einen Flunsch und zeigt dem Typen einen Stinkefinger.

Zuletzt fährt das Beiboot noch einmal zum Trawler, und die Besatzung kommt mit ein paar Kisten, Seesäcken und drei aus Weidenruten geflochtenen Körben zurück. Der Mann, der den letzten Weidenkorb von seiner Schulter in den Sand rutschen lässt, deutet auf einen Felsvorsprung, der die Lagune in westlicher Richtung begrenzt, und sagt: »Wenn ihr euch dort am Ende des Strands links haltet, solltet ihr auf einen Weg stoßen, der nicht völlig zugewachsen ist. Folgt ihm! Der Pfad steigt stetig an, und am Ende kommt ihr zu einer Lichtung unterhalb der Opferstätte. Da standen zuletzt ein paar Behausungen, die ihr vielleicht noch nutzen könnt. Aber es ist ein Jahr her, dass wir das letzte Mal hier waren. Vielleicht hat der Urwald sich auch alles zurückgeholt. Und nehmt euch vor der Nacht in Acht.«

»Du quatschst zu viel«, ruft einer seiner Kumpel, die bereits im Boot warten. »Steig endlich ein!«

Erst als sich das Boot entfernt, wagt jemand, etwas zu sagen. Es ist Bouna: »Hat er gerade Opferstätte gesagt?«

JOEY

Wann schüttet schon mal jemand einen solchen Kübel Scheiße über einem aus? Eine unsinkbare Luxusjacht sinkt, reißt dabei gleich noch eines ihrer Rettungsboote mit, nachdem man eigentlich glaubte, wenigstens mit dem Leben davongekommen zu sein. Und die einzigen Menschenseelen weit und breit, die auf einem schmutzigen, aber immerhin intakten Schiff hocken, entpuppen sich als die Sorte moderner Piraten, bei denen man sich wünscht, Käpt'n Blackbeard oder einem der anderen legendären Abenteurer des 17. Jahrhunderts in die Hände geraten zu sein. Schon als kleines Kind hat Joey Hörspiele über solche Seeräuber geliebt und sie in den Ferien an der Nordsee und in seiner Fantasie immer wieder nachgespielt. Einige der Geschichten konnte er damals mehr oder minder auswendig. *Robinson Crusoe,* die *Schatzinsel*, die *Meuterei auf der Bounty* hat er gefühlte hundertmal gestreamt.

Jetzt hofft er, dass er sich wenigstens an die wichtigsten Überlebenstricks der Schiffbrüchigen erinnert. Vielleicht tauchte ja auch ein Ben Gunn auf, der verrückte Seemann, den seine Kumpanen auf der Schatzinsel ausgesetzt hatten?

Joey ist über sich selbst erstaunt. Bis die Piraten ihr Beiboot ins tiefere Wasser schoben und schnell hineinsprangen, um sich den Haien nicht als Abendessen anzubieten, ist er eigentlich ziemlich ruhig geblieben. Er hat sich noch nie in einer auch nur annähernd vergleichbaren Situation befunden. So geht es wahrscheinlich allen. In diesem Moment jedoch, als klar wird, dass sie nun – wahrscheinlich für eine unbestimmte Zeit – auf sich allein gestellt auf dieser Insel im Nirgendwo mit einem Schwarm gieriger Raubtiere drum herum festsitzen, packt ihn die Panik. Er sprintet los, hinein ins Wasser, das der Ozean in sanften Wellen an den Strand spült.

»Halt, hey, halt!«, ruft er. Er muss sie zurückhalten, um jeden Preis. Wenn sie weg sind – ja, was dann? Joey verliert völlig die Kontrolle. »Verdammt, kommt zurück!«

Die Antwort ist ein Schuss, das Projektil klatscht keinen halben Meter neben ihm ins Wasser.

»Der nächste sitzt«, tönt es höhnisch von dem Boot.

Joey bewegt sich trotzdem weiter voran. Laufen kann er kaum noch, er muss waten, sich mit beiden Armen vorwärtsschieben.

»Joey! Bist du wahnsinnig?«, schreit Maggie. Sie steht ebenfalls bis zu den Knien im Wasser. Sie fuchtelt mit den Armen.

Joey macht noch einen Schritt und spürt plötzlich nichts mehr unter seinen Füßen.

Die Riffkante.

Sie überrascht ihn. Die Panik macht klares Denken unmöglich. Es dauert alles nur den Bruchteil einer Sekunde. Joey sackt in die Tiefe. Beim Versuch, noch einmal nach Luft zu schnappen, schwappt ihm das salzige Wasser in den Rachen, sucht sich den direkten Weg in seine Lungen.

So fühlt es sich also an, wenn man erstickt – dieser Gedanke geht ihm noch durch den Kopf. Er schlägt mit den Armen um sich, zappelt mit den Beinen. Ein Tornado aus Luftblasen wirbelt um ihn herum. Er verliert die Orientierung. Wo ist oben? Wo ist unten? Wo der Strand?

Dann tauchen die schwarzen Schatten auf. Ich habe sie selbst angelockt, ist der letzte Gedanke, den Joey fassen kann, bevor alles dunkel wird. Das Letzte, was er hört, sind ein paar japanische Worte. Es sind die ersten der Jungs, die sich bisher aus allem herausgehalten haben.

MAGGIE

Maggie nimmt keine Rücksicht. Sie klatscht Joey mit der flachen Hand auf die Wange, so heftig, dass sie augenblicklich rot anläuft. Dann setzt sie beide Hände auf seinen Brustkorb und drückt mit Schwung zu.

»Willst du ihn umbringen?«, fragt Rebel.

»Was die Haie nicht hingekriegt haben, schafft Maggie mit links«, frotzelt Hunter.

Hunter hat Joey gemeinsam mit Doug aus dem Wasser gezogen. Sogar einer der Japaner hat geholfen. Jetzt liegt Joey da und macht keinen Mucks. Dass Hunter den Rettungsversuch wagen würde, hat Maggie nicht überrascht. Mit Dougs Einsatz hat sie jedoch nicht gerechnet. Eigentlich wirkte der Amerikaner eher wie einer von der Sorte ›große Klappe und nichts dahinter‹.

Plötzlich krümmt Joey sich zusammen.

»Er lebt!«, ruft jemand.

Joey spuckt einen Schwall Wasser aus. Er keucht und prustet, ringt nach Atem, ein zweiter Schwall Wasser ergießt sich in den Sand. Er braucht ein paar Minuten, bis er wieder vollständig zu sich kommt und in der Lage ist zu sprechen.

»Was machst du für einen Mist?«, blafft Maggie ihn an. »Wolltest du nach Hause schwimmen?«

Joey antwortet nicht. Vermutlich kann er es selbst nicht erklären.

»Es wäre vielleicht ganz gut, wenn ab jetzt keiner mehr mit solchen Alleingängen die anderen in Gefahr bringt«, sagt Silver.

»Dem stimme ich voll und ganz zu«, sagt Maggie. »Ich glaube, wir stecken hier ziemlich in der Tinte und brauchen niemanden, der alles noch schlimmer macht.«

»Ziemlich in der Tinte sitzen ist recht harmlos ausgedrückt«, sagt Bouna. »Die Sonne geht gleich unter, und wir sollten uns überlegen, ob wir irgendwo so etwas wie ein Lager aufschlagen können.«

»Ein Lager aufschlagen?«, fragt die Influencerin. Auch ihr steht mittlerweile die blanke Panik ins Gesicht geschrieben. »Meinst du, wir sind im Campingurlaub und unser Dad lädt gleich das Auto aus und baut uns ein Zelt auf?«

Jemand schlägt vor, die Kisten und Seesäcke zu öffnen. Ein paar Lebensmittel kommen zum Vorschein: vorwiegend Reis und Bohnen, Fleischkonserven, ein paar Laibe

Brot und jede Menge Schiffszwieback und würzige rotbraune Streifen, die sich als Trockenfleisch entpuppen.

Die Weidenkörbe enthalten ein paar Decken, ein Klappmesser, ein Benzinfeuerzeug, einen Verbandskasten und zwei von den schmuddeligen Wasserkanistern, von denen einer jedoch nur zur Hälfte gefüllt ist. Alles in allem ein zusammengewürfeltes Zeug.

»Was soll der Scheiß?!«, flucht Hunter. »Das Essen reicht nicht einmal für ein paar Tage, und dieser Kram«, er tritt gegen einen der Körbe, »der bringt doch auch nichts.«

Rose hat bisher schweigsam zugeschaut. »Vielleicht sind sie schneller wieder da, als wir ahnen.«

Eine Flut von Ideen und Einschätzungen der Lage gehen durcheinander. Alle reden aufeinander ein. Jeder hat einen anderen Einfall, was zu tun ist, bis Doug einen markigen Schrei ausstößt. »Ruhe jetzt«, brüllt er. »Die Sonne geht in fünfzehn Minuten unter, und dann ist es stockduster. Ich schlage vor, dass wir die Nacht erst einmal hier am Strand verbringen. Wir brauchen Holz oder irgendetwas Brennbares.«

Maggie mag den Befehlston nicht, aber er hat recht. Sie stimmt ihm zu, und nicht einmal Hunter und Rebel haben etwas einzuwenden. »Joey, du bleibst hier bei den Sachen und bewachst sie, ja?«

»Warum kann ich nicht hierbleiben?«, beschwert sich die Influencerin.

»Weil du nicht gerade fast ertrunken und noch wackelig auf den Beinen bist?« Maggie ist unüberhörbar genervt von dem Mädchen mit dem permanent motzigen Ton in der Stimme. »Wie heißt du eigentlich?«

»Jacqueline. Oder Jackie.«

»Also, Jackie, hast du das kapiert?«, fragte Doug.

»Vielleicht ist es besser, wenn immer zwei von uns zusammenbleiben«, schlägt Bouna vor.

Silver nickt zustimmend.

»Okay, dann bleibt Jackie hier bei Joey und den Sachen, wir anderen teilen uns auf«, sagt Maggie.

Der Quarterback schaut sie erstaunt an. Wahrscheinlich ist er es nicht gewohnt, dass andere die Ansagen machen.

In zwei Gruppen ziehen sie los und tragen Totholz und trockene Palmwedel zusammen. In das schon bald sehr dicht werdende Unterholz des Dschungels, der sich an den Strand anschließt, traut sich keiner, zumal die Dunkelheit jetzt hereinbricht. Es braucht einige Versuche, bis endlich ein Feuer brennt. Maggie malt sich lieber nicht aus, wie das erst sein wird, wenn das Feuerzeug leer ist.

Nach kurzer Zeit schrumpft ihre Welt auf den kleinen Lichtkreis zusammen, den die Flammen bilden. Die Nacht drum herum ist tiefdunkel, fast schwarz. Einer der Wasserkanister macht die Runde, das Abendbrot besteht aus ein bisschen Dörrfleisch und zwei Scheiben von dem Brot, das damit auch schon fast aufgebraucht ist. Außer Russell verliert niemand ein Wort, und auch der schweigt, nachdem niemand auf sein Geplapper eingeht.

Der Sand ist anfangs noch warm von der Kraft der Sonne, lange hält das jedoch nicht vor. Vom Wasser zieht feuchte Luft auf. Es ist erstaunlich kalt dafür, dass sie tagsüber fast geglaubt haben, die Hitze sauge ihnen auch den letzten Tropfen Feuchtigkeit aus dem Körper. Instinktiv rutschen sie näher zum Feuer, bis die Wangen glühen. Nur die drei Japaner halten sich abseits.

»Sollten wir Wache halten?«, fragt Maggie.

»Gute Idee«, sagt Doug. »Wer will die erste übernehmen?«

Rose meldet sich.

»Wir machen das zusammen«, sagt Maggie.

»Glaubst du, ich kann das nicht alleine?«

»Darum geht es doch nicht. Es ist einfacher, wach zu bleiben. Außerdem wird es höchste Zeit, dass wir Mädels ein bisschen quatschen«, antwortet Maggie mit einem Augenzwinkern.

Hunter verdreht die Augen.

»Was?«, fragt Maggie. »Gewöhn dich lieber daran.«

Es dauert nicht allzu lange, bis Ruhe einkehrt. Alle sind völlig erschlagen von den Strapazen der letzten Tage. Maggie fällt es schwer, die Augen offen zu halten. Auch Rose kämpft mit der Müdigkeit.

»Wie geht es dir?«, fragt Maggie.

»Du wirst es nicht glauben, aber die Antwort ist: besser denn je.«

Maggie lächelt und nimmt Rose in den Arm. »Rose – ein schöner Name.«

Rose nickt. »In was sind wir da bloß reingeraten?«

»Ich fürchte, in das Abenteuer unseres Lebens. Spannender wird es nicht. Wenn wir es überleben, können wir ein Buch darüber schreiben. Das wird ein Bestseller. Wir werden reich. Es wird ein Hollywoodfilm gedreht oder eine Netflixserie. Der Titel: *Stay alive – das ist kein Spiel.*«

»Was hältst du von den anderen?«

Maggie zögert. »Weiß nicht so recht.«

»Das glaube ich dir nicht. Wenn jemand eine gute Menschenkenntnis hat, dann unsere Maggie. Du hast auch als Erste erraten, was mit mir los ist.«

Ein Lächeln huscht über Maggies Gesicht. Ihre Mutter hat ihr einmal erzählt, dass sie sich schon als kleines Kind mit einem untrügerischen Instinkt gegen manche Leute gewehrt hat. Einer älteren Cousine hat sie in den Finger gebissen. Später stellte sich heraus, dass diese Cousine, denen die Eltern vertraut hatten, sie systematisch bestohlen und es einer Hausangestellten in die Schuhe geschoben hat.

»Silver und Bouna kann man trauen. Diese Jackie ist … na ja, da muss man nicht viel sagen. Doug scheint zumindest kein Feigling zu sein. Russell zieht den Schwanz ein, wenn es hart auf hart kommt. Die Japaner sind – Phantome. Ich weiß nicht einmal ihre Namen, und mehr als Bitte und Danke habe ich von ihnen nicht gehört.«

Rose nickt. »Ich weiß nicht einmal, ob sie etwas anderes als Japanisch sprechen.«

Maggie legt ein paar Äste auf die Feuerstelle. Das Holz knistert, als die Flammen es erfassen, ein paar Funken sprühen, einer trifft Jackie am Bein. Sie stößt einen Schmerzensschrei aus, beruhigt sich aber schnell, als sie sieht, dass es nur ein winziger Punkt auf ihrem Unterschenkel ist, der getroffen wurde.

»Könnt ihr nicht aufpassen?«

»Leg dich halt nicht so nah ans Feuer«, erwidert Rose mitleidslos.

»Mir ist kalt«, jammert Jackie. »Und ich muss mal.«

Maggie ist genervt. »Und ›Ich will ein Eis‹ und ›Sind wir

bald da?‹ und ›Wie lange noch?‹«, äfft sie ein kleines Kind, das die Eltern auf einer langen Autofahrt nervt, nach.

Maggie sieht Jackie an, dass sie am liebsten eine giftige Bemerkung ausspucken würde, aber sie beherrscht sich. Sie schlägt jetzt einen bettelnden Ton an. »Ich muss wirklich. Bitte. Geht jemand mit?«

»Wohin, wenn ich fragen darf? In unser Luxusbadezimmer mit fließend Wasser? Das ist da drüben.« Maggie zeigt in die Dunkelheit, wo die Wellen in einem stetigen sanften Rauschen auf den Strand gedrückt werden. »Hock dich in die Brandung, und gut ist es.«

Jackie springt wutentbrannt auf. Sie stößt an Dougs Fuß, der jedoch nur knurrt und sich auf die andere Seite dreht. Dabei legt er den Arm um Russell und zieht ihn an sich.

Rose grinst.

Ohne ein weiteres Wort stapft Jackie davon.

»Das solltest du nicht tun«, gibt Maggie halbherzig zu bedenken, aber Jackie hat den Lichtkreis des Feuers schon hinter sich gelassen.

»Solche Tussis können einem auf die Nerven gehen«, sagt Rose. »Vielleicht überlege ich mir das doch noch einmal und bleibe lieber ein Junge?«

»Das ist frauenfeindlich.« Maggie knufft Rose in die Seite. Sie steht auf. »Ich gehe mit ihr.«

Nach ein paar Metern schon verliert sich die Umgebung. Nur die Feuerstelle schneidet einen hellen Fleck in die Finsternis. Maggie ruft den Namen der Influencerin, aber sie antwortet nicht. Maggie bleibt stehen und lauscht. Im Sand knirschen Schritte, aber Maggie kann nicht ausmachen, wo genau Jackie ist. Immerhin bleibt der lodernde Haufen Strandholz ein Orientierungspunkt, wenn sie sich umdreht.

»Jackie? Wo bist du?«, fragt Maggie in die Nacht hinein.

Links von ihr. Ein Geräusch. Maggie horcht – Stille. So geht es ihr ein paarmal. Nach kurzer Zeit weiß sie nicht mehr, ob sie sich auf den Dschungel zubewegt oder eher parallel zur Wasserlinie läuft. Maggie dreht sich einmal um die eigene Achse. Dort ist die Feuerstelle mit dem Umriss von Rose. Dahinter der silbrige Schimmer, das sind die Kämme der sanften Wellen. Über ihrem Kopf das Funkeln unzähliger Sterne. Die Milchstraße!

Es ist unglaublich, wie viele Sterne, ganze Galaxien man bei so schwarzer, nicht vom künstlichen Licht der Städte getrübter Nacht ausmachen kann. Maggie versinkt in der Faszination dieses Moments – bis sie von einem brüllenden Wesen von den Füßen gerissen wird.

Maggie schlägt um sich, zappelt und tritt. Ihr Angreifer wirft sich auf sie, grunzt und schnaubt. Dann rollt

Jackie von Maggie hinunter, liegt neben ihr im Sand und lacht aus vollem Hals.

»Jackie, verdammt! Was soll der Mist«, keift Maggie.

Jackie kann sich kaum beruhigen. »Oh Miss Obercool. Da ist uns wohl das Herz in die Hose gerutscht. Oder noch andere Dinge?«

Maggie verschlägt es den Atem. Sie hockt im Sand, trotzdem wird ihr schwindelig. Mit Jackies triumphierendem Geplapper hat das nichts zu tun. Sie legt den rechten Zeigefinger auf die Lippen, mit dem anderen deutet sie über Jackies Schulter hinweg in die Dunkelheit. Jackie folgt Maggies Hinweis.

»Was ist das?«, fragt Jackie. Das Flattern in ihrer Stimme ist nicht zu überhören.

»Woher soll ich das wissen«, flüstert Maggie.

Im Dickicht leuchten zwei grünlich gelbe Punkte auf, kaum größer als ein Fünfcentstück. Sie verschwinden, tauchen wieder auf, verschwinden. Etwas raschelt und knackt.

»Das ist ein Paar Augen.« Auch Maggie kann kaum verbergen, wie sehr sie diese Vorstellung gruselt.

Aus dem Augenwinkel nimmt sie wahr, wie Jackie sich in die Panik hineinsteigert. Sie atmet schneller, dann schnappartig, schließlich reißt sie den Mund auf, zum Schrei bereit. Schneller, als auch nur ein einziger Ton sich den Weg bahnen kann, fährt Maggies Hand hinauf und verschließt Jackies Lippen. Nur ein unterdrücktes Glucksen dringt hervor.

»Jetzt bitte nicht«, presst Maggie hervor. Dann flüstert sie weiter: »Wir bewegen uns langsam, Schritt für Schritt, rückwärts zum Lager. Erst wenn ich ein Zeichen gebe, drehen wir uns um und rennen. So schnell es geht. Und meinetwegen auch schreiend, als seien sieben zähnefletschende Reduktoren hinter uns her.«

Maggie weiß nicht, warum ihr ausgerechnet jetzt diese Figuren aus dem Spiel in den Sinn kommen. Das ganze Spiel ist ihr schon lange so egal, als hätte sie komplett vergessen, warum sie überhaupt diese Reise angetreten haben. Sich in diesem Busch ausgerechnet einen Reduktoren vorzustellen, die ihre Rolle in *Seven Souls* jederzeit wechseln können, ist ihr schleierhaft. Sie dienen ausschließlich dazu, die Mitspielenden auf ziemlich unangenehme Weise zu verringern. Regelrecht dämlich ist es, Jackie damit noch mehr in Angst und Schrecken zu versetzen, falls das überhaupt möglich ist.

»Alles klar?«, fragt Maggie.

Jackie überrascht Maggie jedoch. Sie atmet fast schon erleichtert aus und gibt Maggie ein Zeichen, dass sie bereit ist. Fast im Gleichschritt bewegen sie sich nach hinten. Nach ein paar Metern erhöht Maggie das Tempo.

Mit einem Handzeichen warnt sie Jackie vor. Gleich ist es so weit. Umdrehen und rennen.

»Jetzt!«, ruft Maggie.

Sie dreht sich ruckartig um und sprintet los, als wolle sie einen Hundertmeterlauf gewinnen – und prallt gegen etwas. Jackie kreischt. Jemand flucht. Maggie stürzt vornüber und kommt relativ weich zur Landung. Unter ihr zappelt etwas. Sie spürt Muskeln, Hände und hört eine Stimme, die sie kennt. Die Stimme kommt von oben. Sie gehört Silver, die neben ihr steht und die kreischende Jackie festhält. »Nun beruhige dich«, mault Silver sie an. »Und hör auf zu strampeln.«

Ein Blick nach unten zeigt Maggie, dass die Muskeln zu Doug, dem Quarterback, gehören und dass sie auf ihm liegt. »Hey, das nenn ich mal einen Touchdown«, frotzelt er. »Oder hast du dich gerade eben in mich verliebt?«

Maggie ist gerade nicht nach Scherzen und nach einem Flirt schon gar nicht. Bevor sie erklären kann, was eigentlich passiert ist, dringt aus dem Dickicht ein Getöse. Kurz darauf sind die leuchtenden Punkte wieder zu sehen, sie bewegen sich auf die Gruppe zu.

»Ho, ho, ho«, ruft Doug. »Was ist das?«

Niemand kommt zu einer Antwort, weil sich die Gestalt mit einem Affenzahn nähert und Silver anspringt.

»Robinson!«, ruft Silver aus. »Wo kommst du denn her?«

Der Terrier hockt auf ihrem Arm, kann sich nicht entscheiden, ob er kläffen, jaulen oder Silver ablecken soll, und versucht alles gleichzeitig. Die vier gehen zurück zum Feuer, wo mittlerweile alle anderen wach sind.

»Seid ihr wahnsinnig geworden?«, schimpft Hunter.

Maggie erspart sich eine Erklärung. »Wir sollten ein paar Regeln aufstellen, damit hier kein Chaos ausbricht.«

»Ja, unter anderem, dass keiner nachts durch die Gegend rennt. Das ist eine verdammt noch mal fucking einsame Insel.«

»Ich bin schuld. Ich musste mal«, nimmt Jackie Maggie in Schutz.

»Es ist ja nichts passiert«, sagt Silver. »Außer, dass wir Robinson gefunden haben.«

»Wie kommt der hierher?«, fragt Rebel. Ihr Blick geht in die Runde, aber niemand hat eine Antwort.

»Jetzt haben wir einen Wachhund«, durchbricht Silver das Schweigen. »Und nun pennen alle noch ein paar Stunden. Morgen haben wir eine Menge zu tun. Doug, Robinson und ich übernehmen die nächste Wache. Und niemand bewegt sich mehr vom Feuer weg, ohne sich abzumelden.«

Maggie wickelt sich in eine der Decken, die die Piraten ihnen dagelassen haben. Sie schließt die Augen, versucht sich auf das Rauschen der Brandung zu konzentrieren, aber sie findet nicht in den Schlaf. Wie lange sie so daliegt, weiß Maggie nicht. Vielleicht verliert man auf solch einer Insel das Zeitgefühl. Keine Uhren, keine Smartphones oder Apps, die einen an irgendetwas erinnern.

Nach einer Weile tippt sie jemand an die Schulter. Es ist Jackie. Sie rückt ein wenig näher. »Es tut mir leid, Maggie«, flüstert sie. »Ich habe mich dämlich benommen.«

»Schon gut.«

Maggie hat eigentlich keine Lust auf ein weiteres Gespräch. Sie dreht sich nicht einmal um.

Aber Jackie gibt noch nicht auf: »Glaubst du wirklich, das da drüben im Dschungel war ein Reduktor?«

Maggie verdreht die Augen, ohne dass Jackie es sehen kann. Hat dieses Mädchen nicht mehr alle Tassen im Schrank? Wie soll auf diese verfluchte Insel mitten im Ozean ein Reduktor kommen? Eine Figur aus einem Computerspiel, jemand, der nur aus Einsen und Nullen besteht und dessen Gehirn ein Algorithmus ist. Auf keinen Fall etwas, das sich nachts durch das Unterholz fräst.

Obwohl es vollständiger Unsinn ist, geht Maggie die Vorstellung nicht aus dem Kopf. Dann erinnert sie sich wieder an die kurze Auseinandersetzung zwischen Doug und Russell, als sie sich mit dem Trawler der Insel näherten.

Doug hatte geglaubt, im Wasser Kämpferinnen aus dem Spiel gesehen zu haben. Wesen, die auf den ersten Blick einer Meerjungfrau ähneln, aber einer Verbindung einer Muräne mit Giftzähnen und einer schönen Königstochter entstammen.

Unsinn, alles Unsinn!, ermahnt Maggie sich. Schlaf jetzt. Silver hat recht, der nächste Tag wird sicher anstrengend. Irgendwann schläft sie endlich ein, aber viel länger als ein oder zwei Stunden wird ihre Nachtruhe nicht gewesen sein, als jemand sie an der Schulter rüttelt.

DER WÄCHTER

Es ist nicht möglich, dachte ich zuerst, aber das ist es doch. Er – oder sie, das lässt sich noch nicht genau sagen – hat sich tief ins Innerste der Software gewühlt und Dinge geschafft, die nicht einmal die amerikanische Spionageabwehr oder die russische Mafia hinkriegen. Die kleinen Fehler verraten den Hack, ganz einfach, weil er oder sie die Storys seiner Mitspielerinnen und Mitspieler nicht mehr im Griff hat und die künstliche Intelligenz anfängt, ihr eigenes Spiel mit den Figuren zu spielen. Ich komme mit meinen Analysetools nicht schnell genug vorwärts, wahrscheinlich muss ich ihn oder sie einfach kaltstellen, bevor das Spiel beendet ist. Das ist schade. Ich wüsste gerne, ob er es aus eigener Kraft schafft. Oder sie.

DIE NEWS AM ABEND
BEI MTL PLUS

Regierung hebt Notstand auf

Ausnahmezustand endet heute um 18:00 Uhr

»Hier sind die Abendnachrichten aus unserem Sendezentrum in Köln. Mein Name ist Carin Löwenstein, und ich begrüße Sie zu den News um 20 Uhr.

Der Regierungssprecher kündigte eine Aufhebung der Notstandsverordnung an. Nach dem großräumigen Ausfall der Infrastruktur in weiten Teilen des Landes durch die ungewöhnlich starken Sonnenstürme hatte die Verhängung des Notstands den Einsatz von Bundeswehrkräften zur Wahrung der inneren Sicherheit ermöglicht. Es war der Polizei und den Kräften des Katastrophenschutzes nicht mehr möglich gewesen, die öffentliche Ordnung aufrechtzuerhalten. Insbesondere in den Großstädten ist es zu Plünderungen gekommen, die zu aufruhrartigen Zuständen und Straßenschlachten mit den Sicherheitskräften geführt haben.

›Die Versorgung der Bevölkerung mit allen lebensnotwendigen Gütern war zu keinem Augenblick gefährdet. Nur die Überreaktion einiger Bürgerinnen und Bürger, die sich gewisse Kreise zunutze machen, haben zu den Unregelmäßigkeiten geführt und das harte Durchgreifen nötig gemacht. Wir werden in aller Kürze wieder den Normalzustand erreichen.‹ So der Regierungssprecher.

Gut informierte Kreise aus dem Umfeld des Wirtschaftsministeriums gehen allerdings davon aus, dass es noch mehrere Monate dauern wird, bis sich die Versorgung in allen Teilen des Landes wirklich stabilisiert. Die internationalen Lieferketten seien empfindlich gestört. Containerschiffe liegen noch zu Tausenden in den Häfen fest. Mit den derzeit wieder intakten Satellitenverbindungen könnten im Flugverkehr gerade einmal fünfzehn Prozent des alten Frachtaufkommens sicher durch die Welt navigiert werden.

Ein hochrangiger Regierungsbeamter, der nicht namentlich genannt werden will, sagt: ›Das ist ein fast schon vorindustrieller Zustand. Wir könnten froh sein, wenn irgendwo noch ein paar alte Telegrafenleitungen herumständen oder wir Großmutters Telefon mit der Wählscheibe auf dem Dachboden fänden.‹«

NOCH ZWEI TAGE

SPIEL MIT FÜNF ASSEN

HUNTER

»Wach auf, Maggie«, flüstert Hunter. »Mach schon, wach auf.«

Er schaut sich um. Jaden oder Rose, Rebel und Joey warten bereits ein paar Schritte von der Feuerstelle entfernt. Die Flammen sind erloschen, nur eine schwache Glut strahlt kaum noch Wärme ab. Die Sonne wirft am Horizont ein paar erste Strahlen über die unendlich weite Fläche. Wasser, nichts als Wasser und diese ersten Lichtstreifen.

Hunter ist als Erster aufgewacht und hat sofort bemerkt, dass etwas nicht stimmt. Er hat daraufhin gleich die anderen geweckt. Doug, Russell, Bouna, Jackie und Silver pennen noch. Silver hat einen Arm um Robinson gelegt, der sich in diese schützende Kuhle schmiegt.

Maggie reckt sich und gähnt geräuschvoll.

Hunter legt ihr schnell einen Finger auf die Lippen. »Komm, wir müssen reden. Ohne die anderen.«

»Wo sind die Japaner?«, fragt sie jetzt leise.

Maggie ist aufmerksam, das mag Hunter an ihr. Sie

checkt eine Situation schnell, ihr fallen oft Dinge auf, die andere nicht oder erst spät bemerken.

Hunter hebt die Schultern. Er weiß es nicht. Die Japaner hatten die letzte Wache. Sie haben kein Holz nachgelegt. Sie sind abgehauen. Sie haben mitgehen lassen, was sie schleppen konnten, und das war eine Menge.

Maggie und Hunter wecken den Rest des Teams. Hunter seufzt. Das Spiel. *Seven Souls*. Das ist alles weit weg.

»Wir gehen rüber zu den Klippen«, schlägt Joey vor, nachdem sie genügend Abstand zur Feuerstelle gewonnen haben. Er ist blass, aber er scheint sich von dem Ereignis am Vortag erholt zu haben.

Die Klippen bestehen aus rauen, rotbraunen Felsen.

»Lavagestein«, sagt Maggie. »Die Insel muss bei einem Vulkanausbruch entstanden sein. Das ist erstarrtes Magma oder so.«

Rebel verdreht die Augen. Hunter weiß, dass ihr Maggies Schlaumeiereien auf den Geist gehen. Er bedeutet ihr mit einem unauffälligen Kopfnicken, dass sie die patzige Bemerkung, die ihr schon auf den Lippen liegt, runterschlucken soll.

»Die japanischen Jungs haben den Abflug gemacht«, er teilt den anderen noch einmal mit, was sie schon wissen. »Sie haben ziemlich viel von unseren Sachen mitgenommen. Vorwiegend Lebensmittel und einen Wasserkanister.«

»Sehr weit können sie nicht sein«, sagt Rebel.

Joey nickt.

Maggie schweigt.

»Ich glaube, jetzt wird es schwierig«, sagt Rose.

»Ach nein, echt?«, fragt Hunter. »Ich hatte den Eindruck, dass es schon eine ganze Weile schwierig ist.«

»Beruhige dich«, sagt Rebel. »Wir müssen jetzt zusammenhalten. Ob man sich auf die anderen verlassen kann, ist ziemlich fraglich.«

»Silver und Bouna finde ich ganz okay. Bei Doug weiß ich es nicht. Jackie ist völlig unberechenbar und Russell ein echtes Großmaul«, sagt Joey. »Und ein rassistisches dazu. Wahrscheinlich stammt er aus den Südstaaten, und sein Dad ist Ortvorsitzender beim Ku-Klux-Clan.«

»Immerhin ist Doug gestern sofort ins Wasser gerannt, als du in Schwierigkeiten warst«, gibt Maggie zu bedenken.

»Könnte es sein, dass du bei diesem Kleiderschrank ein bisschen vernebelt bist?«, fragt Hunter bissig und gibt ein hämisches Kichern zum Besten: »Immerhin hat er schon auf dir gelegen.«

»Idiot«, erwidert Maggie nur. »Außerdem war es umgekehrt. Ich habe auf ihm gelegen.«

»Hört auf. Es ist wirklich nicht der Moment für Gezänk. Ich sage es noch einmal: Wir müssen zusammenhalten.«

»Dann mach einen Vorschlag, Rebel.« Hunter merkt, dass er eigentlich nur Rebel vertraut. Wie gut kennt er die anderen denn? Sie sind keine Freunde gewesen, haben sich zu Hause höchstens ab und zu an den üblichen Orten gesehen, an denen alle in ihrem Alter gelegentlich abhängen, oder in der Schule. Das heißt überhaupt nichts. Aber es ist jetzt nicht gut, sein Misstrauen zu zeigen. Er beschließt, auf Rebel zu achten. Und auf sich.

Statt Rebel ergreift Rose das Wort. »Wir tun, was der Typ gesagt hat: Wir packen den Rest unserer Sachen zusammen und suchen diese Lichtung oder was er gemeint hat.«

»Die Lichtung unterhalb der Opferstätte«, murmelt Maggie.

Daraufhin tritt erst einmal eine bedrückende Stille ein.

Opferstätte.

Wo geopfert wird, gibt es Menschen. Oder gab es welche. So oder so keine schöne Vorstellung. Was in den Köpfen der anderen vorgeht, kann Hunter sich denken: einsame Inseln in der Südsee, Kultstätten, Ureinwohner, Kannibalen.

Mittlerweile ist die kurze Zeit der Morgendämmerung verstrichen. Rebel ist weiter über die Felsen geklettert. Sie steht auf dem höchsten Punkt der Klippen und hält Ausschau. »Er hat gesagt, am Ende des Strands gebe es einen Pfad.« Sie kneift die Augen zusammen. »Von hier aus sieht man nichts.«

»Die anderen sind wach. Wir müssen wieder zu ihnen gehen«, sagt Joey.

Sie klettern hinab in den Sand, der sich bereits wieder aufwärmt. Das Wasser umspült ihre Füße. Schweigend legen sie den Weg zurück. Schon aus der Entfernung ist zu erkennen, dass die anderen heftig miteinander streiten. Ab und zu weht der Wind Wortfetzen herüber. Nach ein paar Metern entdeckt Maggie etwas in der sanften Brandung. Sie fischt es heraus und hält es hoch.

Es ist eine der Masken, die sie auf der *Soul Saver* getragen haben.

»Auf diesen Mist habe ich so was von keinen Bock mehr.« Hunter schnappt sich die Maske und kickt sie zurück ins Wasser.

»Was soll das?« Maggie watet hinterher und nimmt die Maske ein zweites Mal an sich. »Wie kommt die hierher?«

»Mit der Strömung?«, schlägt Rebel vor, bemerkt aber selbst, dass das nicht möglich sein kann. »Quatsch, wir waren viel zu lange mit dem Trawler unterwegs. So viel Strömung kann es nicht geben.«

»Oder der Trawler ist im Kreis gefahren«, sagt Rose.

»Vielleicht hat sie einer von der Besatzung aufgefischt, und sie ist gestern hier vor der Insel über Bord gegangen«, sagt Joey.

Die Stimmen der anderen sind nun deutlich zu hören. Natürlich geht es um die verschwundenen Japaner und noch mehr um die verschwundenen Nahrungsmittel.

»Sie haben auch das Messer mitgehen lassen«, schreit Russell. »Und das Wasser, diese Schweine. Wenn ich einen von denen in die Finger kriege, wird er sich wünschen, niemals mit mir auf dieser Insel gelandet zu sein. Diese dreckigen Japsen!«

Bouna grinst. »Das wünschen wir uns genauso.«

Die Bemerkung ist zu viel für Russell. Er stürzt sich auf Bouna und schubst ihn mit einem Stoß gegen die Brust zu Boden. »Du verdammter N…«

Hunter reißt Russell zurück. »Du sprichst es besser nicht aus.« Dann wendet er sich an die anderen: »Also, unsere drei ehemaligen Mitspieler spielen jetzt ihr eigenes Spiel. Wir sind zehn Leute, die sind drei. Man trifft sich immer zweimal, dann kannst du deine Energie an sie verschwenden, Russell. Bis dahin sollten wir unsere Kräfte eher dafür einsetzen, ein paar kniffligе Probleme zu unser aller Gunsten zu lösen. Die Betonung liegt auf ›unser aller‹. Als Erstes suchen wir diesen Pfad und die Hütten oder was auch immer es auf der Lichtung gibt, von der der Typ gestern gesprochen hat.«

Russell hat sich noch nicht beruhigt. »Wer hat denn beschlossen, dass du hier die Ansagen machst? Vielleicht haben wir keinen Bock auf diese beschissenen Hütten.« Er schaut in die Runde, aber niemand springt ihm zur Seite.

Auch Doug senkt den Blick.

»Klingt aber ganz vernünftig, was er vorschlägt«, sagt Jackie. »Wir können doch abstimmen. Das machen wir jetzt immer, dann kann keiner sagen, dass er nicht gefragt wurde. Wer ist dafür?«

Alle außer Russell.

»Ich gehe keinen Schritt in diese … diese … diese scheißgrüne Hölle!« Russell setzt sich in den Sand und zieht die Knie vor die Brust. Er umklammert sie wie ein trotziger Junge.

»Du solltest dich daran gewöhnen, dass wir die Dinge hier gemeinsam regeln müssen«, sagt Silver. »Wenn wir mehrheitlich beschließen …«

»Mich interessieren eure mehrheitlichen Beschlüsse nicht die Bohne.«

Hunter hat schon ein paar Beschimpfungen der übleren Sorte auf der Zunge, aber Rebel hält ihn mit diesem Griff auf die Schulter zurück, der bei ihm auch in den ganz aufgeheizten Momenten funktioniert. Sie hat ihn damit nicht nur einmal vor Schwierigkeiten bewahrt, in die er sonst mit seiner hitzköpfigen Art geraten wäre.

»Du kannst nicht alleine hierbleiben«, sagt Rebel. »Das ist zu gefährlich, du weißt doch nicht, was und wer auf dieser Insel sonst noch herumläuft.«

»Wer soll denn hier herumlaufen, Himmel noch mal?« Das klingt fast schon wie ein Schluchzen, aber Russell findet schnell zu seiner Wut zurück. »Wenn auf dieser Insel noch jemand wäre, hätten sie uns garantiert nicht hier ausgesetzt.«

»Das weißt du doch gar nicht«, meldet sich Jackie zu Wort. »Woher willst du es wissen? Als Maggie und ich in der Nacht dort drüben …«

Maggie fährt ihr ins Wort. »Ist doch alles egal, so oder so sollte keiner von uns alleine hier herumspazieren.«

Die Blicke, die sie dabei Jackie zuwirft, machen Hunter stutzig, aber er beschließt, erst einmal den Mund zu halten.

»Und was ist, wenn irgendwer hier landet und wir machen gerade einen hübschen kleinen, dummen Ausflug ins Landesinnere?«

Auch zwei weitere Versuche von Rose und Joey bleiben erfolglos. Endlich ergreift Bouna das Wort: »Wenn er sich unbedingt umbringen will, soll er doch. Wir dagegen sollten jetzt endlich aufbrechen. Es dauert keine zwei Stunden und die Sonne knallt wieder steil auf uns runter. Dann will ich irgendwo im Schatten sein.«

Die anderen stimmen ihm zu. Jeder packt sich ein paar der Sachen, die noch da sind. Erst als Hunter losmarschiert, reiht sich einer nach dem anderen hinter ihm ein. Hunter lässt sich nicht gerne was sagen, dann gibt er Kontra und versucht, seinen Kopf durchzusetzen, aber in dieser Situation nun plötzlich der Anführer zu sein, dem alle nachlaufen, ist ihm unheimlich.

Sie brauchen eine Weile, bis sie den Pfad finden. Doug schiebt die Zweige von Pflanzen, die keiner von ihnen jemals gesehen hat, zur Seite. »Ich glaube, hier geht es durch«, sagt er. Nach ein paar Schritten deutet sich vor ihnen tatsächlich ein Weg an, nicht wirklich ein Weg, eher eine Spur, die nicht ganz so dicht bewachsen ist.

Um sie herum verschwimmt das Licht in Farbschattierungen von Hell- bis Dunkelgrün, als wären dem Maler dieses urwaldartigen Bewuchses alle anderen Farben ausgegangen. Nur selten blitzt ein direkter Sonnenstrahl durch. Die Luft ist feucht und warm, aber wenigstens brennt die Sonne nicht mehr auf sie hinunter wie am Strand.

»Wow, guck dir das an«, flüstert Jackie. Sie deutet auf einen fast handtellergroßen Schmetterling mit leuchtend blauen Flügeln, die von schwarzen Mustern durchzogen sind.

Was zu Beginn ihrer Wanderschaft noch wie eine undurchdringliche grüne Pflanzenmasse wirkte, entpuppt sich mit jedem Schritt hinauf zu der Lichtung, die ihr Ziel ist, als ein lebendiger Kosmos voller Leben. Blüten schälen sich aus dem anfänglichen Einerlei, Insekten der bizarrsten Formen fliegen auf, von einem überhängenden Ast schlängelt sich eine beachtliche grüne Schlange mit roten Streifen.

Auch die Geräuschkulisse verändert sich. Als hätten die Bewohner beim Eindringen der Neulinge in ihr Reich für eine Weile die Luft angehalten, pfeift und singt es bald von allen Seiten. Immer wieder müssen sie über die quer liegenden Stämme umgekippter Bäume klettern. Termiten haben sich darüber hergemacht. Als Maggie über eines dieser Hindernisse steigt, landet sie auf der anderen Seite mit dem Fuß in einem hochaufgetürmten Hügel, ein Ameisenbau, wie sich sofort herausstellt.

Maggie schreit auf, weil augenblicklich unzählige der roten Biester, die den Bau bewohnen, die Angreiferin attackieren, in die Hosenbeine kriechen, zubeißen und ihre Säure in die Bisse pumpen. Rebel hilft Maggie, die Ameisen aus den Kleidern zu schlagen, aber das ist leichter gesagt als getan. Am Ende ist die Haut von Maggies Bein mit roten, brennenden Pusteln übersät. Sie beschwert sich nicht, aber Hunter sieht ihr an, dass die Ameisenbisse schmerzen.

»Wo ist diese verfluchte Lichtung?« Bouna, der bis zu diesem Moment schweigend als Letzter in der Reihe hinter den anderen hergetrottet ist, stützt sich auf den Oberschenkeln ab und atmet schwer. »Ich sterbe vor Durst.«

»Beschwer dich bei den drei Mistkerlen, die unser Wasser mitgenommen haben«, sagt Doug und wischt sich den Schweiß aus dem Gesicht.

»Sollen wir eine Pause machen?«, fragt Joey.

»Wir sind nicht mehr als eine oder anderthalb Stunden unterwegs«, antwortet Hunter.

»Hast du einen Termin oder was?«, fragt Joey. »Außerdem weiß ich längst nicht mehr, ob wir seit einer, zwei oder fünf Stunden durch diesen Dschungel latschen.«

Hunter muss ihm recht geben. Das Zeitgefühl hat auch er in diesem grünen Einerlei längst verloren.

Sie machen einen Halt. Ohne die Geräusche, die sie selbst bei ihrem Marsch verursachen, dringt das Konzert des Urwalds noch eindringlicher zu ihnen durch, bis es von einem Krachen und Rascheln, als bahne sich ein Bulldozer durch das Unterholz, übertönt wird.

Zu Hunters Überraschung reagiert ausgerechnet Jackie als Erste: Sie greift sich einen abgebrochenen Ast und geht in Stellung wie eine Kämpferin. Durch das Dickicht bricht jedoch kein Raubtier, sondern Russell. Der sieht aus wie jemand, der in die Klauen einer Bestie geraten ist. Risse in den Klamotten, blutende Kratzer im Gesicht und an den Armen, ein fast schon irrer Blick. Er bleibt direkt vor ihnen stehen, mit dämlich geöffnetem Mund, aus dem nur sein schwerer Atem kommt.

Jackie wirft ihm den Ast vor die Füße. »Du gottverdammter Idiot«, schreit sie. »Weißt du, was für einen Schreck du uns eingejagt hast?«

»Hast du es dir doch noch mal überlegt, oder hast du dich gelangweilt?«, fragt Rebel mit einem ironischen Tonfall, der Russell eigentlich gleich wieder zur Weißglut bringen müsste.

Der Amerikaner steht aber weiterhin einfach nur da und starrt sie an.

»Was hat dir die Sprache verschlagen?«, fragt Hunter.

Russell beginnt, einzelne Worte zu stottern, die aber keinen Sinn ergeben. Jetzt sieht Hunter, wie sich Russells Hose zuerst vorne, dann an einem Hosenbein hinunter dunkel färbt.

»Shit, er pinkelt sich in die Hosen«, stöhnt Bouna.

»Er … ist … tot«, bringt Russell endlich hervor.

Sie kriegen kein weiteres, vernünftiges Wort aus Russell heraus. Es scheint ihn nicht zu stören, dass er sich vor den anderen in die Hosen gemacht hat. Jedenfalls merkt man es nicht, falls es ihn stört.

»Russell, sag etwas. Verdammt noch mal, was ist passiert«, versucht Maggie es zum hundertsten Mal, aber es ist nichts zu machen. Auch sie gibt es irgendwann auf, wie alle anderen, die reihum auf ihn eingeredet haben. Russell hat sich hingehockt, ein bisschen gewimmert und nur ab und zu die drei Worte wiederholt.

Er. Ist. Tot.

Nicht einmal, wer mit ›er‹ gemeint ist, bringen sie aus ihm heraus.

»Der Typ geht mir langsam auf die Nerven«, sagt Hunter. »Er macht nichts als Ärger, ist euch das aufgefallen? Wenn es Ärger gibt, ist Russell nicht weit.«

Silver schüttelt den Kopf. »Hör doch mit diesen Schuldzuweisungen auf. Spätestens seit diese Luxusjacht untergegangen ist, besteht unsere gesamte Situation aus nichts als Ärger. Eine riesige Ansammlung von Ärger, und das ist ja wohl noch eine sehr nette Umschreibung. Außerdem steht er doch ziemlich eindeutig unter Schock.«

Von den anderen kommt Zustimmung.

»Das Gehirn reagiert auf ein Trauma so«, sagt Bouna.

»Es ist eine Art Flucht. Der eine rennt los, wenn etwas Schreckliches passiert, der andere greift an, und der Dritte verkriecht sich in sich selbst. Tut so, als wäre er gar nicht da.«

»Woher hast du denn den ganzen Mist?«, zischt Hunter.

»Komm schon, Kumpel. Da ist was dran«, sagt Joey. »Es ist wie als kleines Kind, wo du die Decke über den Kopf ziehst oder die Hände vor die Augen wirfst und stillhältst. Du verschließt die Augen vor etwas, und wenn du es nicht siehst, ist es auch nicht da.«

»Seid ihr jetzt alle unter die Psychiater gegangen?«, fragt Hunter.

»Hört auf, euch zu streiten«, sagt Jackie. »Ihr vergeudet nur Zeit. Ich will zu der Lichtung. Wer weiß, wie weit das noch ist. Ich verbringe nicht die Nacht in dieser grünen Hölle ohne ein Dach über dem Kopf.«

Rebel schüttelt den Kopf. »Sie glaubt wirklich, dass uns da oben eine Lodge mit Frühstücksbuffet all inclusive erwartet.«

Jackie streckt ihr die Zunge heraus.

»Aber recht hat sie trotzdem«, sagt Rose.

Plötzlich flüstert Russell etwas.

»Er hat gesprochen«, ruft Jackie aus.

»Er ist tot«, sagt Hunter. »Das wissen wir mittlerweile.«

»Nein, etwas anderes.« Jackie geht vor Russell in die Knie. »Russell, komm schon, was hast du gesagt?«

»An den Felsen … wir müssen … er ist tot … ihn begraben … er braucht doch ein Grab …« Russell wirft einem nach dem anderen einen flehenden Blick zu.

»Welche Felsen?«, fragt Jackie sehr vorsichtig und einfühlsam. »Unten am Strand?« Sie greift nach Russells Händen, aber er zieht sie schnell zurück. »Was hast du dort gesehen?«

»Wer braucht ein Grab?«, geht Bouna weitaus weniger sensibel dazwischen.

Russell beginnt zu weinen. »Doug. Er ist … o Gott.«

»Er ist völlig durchgeknallt«, sagt Hunter. Er dreht sich selbst im Kreis, um Doug ausfindig zu machen. Hunter entdeckt ihn nicht auf Anhieb. Er geht ein paar Schritte weiter, ruft Dougs Namen, bekommt jedoch keine Antwort. Und er bemerkt, dass er schon nach diesen wenigen Metern die anderen aus den Augen verliert. Dieser Dschungel scheint alles zu schlucken, also dreht Hunter um und ist froh, als er die Stimmen von Maggie und Joey hört. Sie rufen Dougs Namen.

Einer nach dem anderen stimmt in die Rufe ein. Sie wagen sich abseits des Pfads ein paar Schritte vor, versuchen mit ihren Blicken, das Unterholz zu durchdringen, aber Doug bleibt spurlos verschwunden.

»Wir müssen ihn suchen«, sagt Jackie.

Maggie, Rose, Silver und Joey stimmen ihr zu.

»Das ist keine gute Idee«, sagt Hunter.

»Er war vor ein paar Minuten noch hier, und nun ist er weg.« Jackie macht ein paar Schritte im Kreis bei diesen Worten. Sie stampft wütend auf. »Was fällt dem Blödmann ein?«

»Bist du sicher, dass es nur ein paar Minuten waren?«, fragt Joey. »Vielleicht haben wir ihn schon eine Weile früher verloren.«

»Er ist die ganze Zeit vorneweg gestapft«, antwortet Jackie.

»Dann hat er uns abgehängt«, sagt Rebel.

»Nein, das kann nicht sein«, sagt Hunter.

»Ganz vorne?«, fragt Joey. »Ich meine, er hat die Nachhut gemacht.«

Bouna schüttelt den Kopf. »Das war ich. Hinter mir kam niemand mehr.«

Die Gruppe ist die ganze Zeit nah beieinander gewesen. Keiner findet eine Erklärung für Dougs Verschwinden.

Nur Russell, der noch einmal sagt: »Er ist tot.«

»Wir müssen Entscheidungen treffen«, sagt Rebel.

»Und die wären?« Hunters Stimmung ist gereizt, aber Rebel hat natürlich recht. Diese Insel macht sie zu einem Spielball von etwas, das sie nicht einschätzen können.

»Drei gehen zurück und suchen Doug. Der Rest schlägt sich zu der Lichtung durch«, schlägt Rebel vor.

Hunter zögert. Je kleiner die Gruppe ist, desto angreifbarer wird sie. Das ist der erste Augenblick, in dem genau dieses Gefühl in ihm aufsteigt. Alles fühlt sich an, als gebe es einen Angreifer, von dem sie jedoch nicht die geringste Ahnung haben, wer es sein könnte. Oder was.

»Okay. So machen wir es. Drei von uns gehen zurück«, antwortet er und schiebt das Gefühl beiseite.

»Ich gehe«, sagt Rebel. »Sonst noch Freiwillige?«

Joey meldet sich, und auch Bouna zögert keine Sekunde: »Ich.«

»Gut, aber beeilt euch«, sagt Hunter und gibt dem Rest der Gruppe ein Handzeichen, ihm zu folgen.

Sie kämpfen sich weiter durch das unwegsame Gelände. Mit Stöcken schlagen sie sich eine Presche und markieren so den Weg. Hunter hofft, dass dies auch Rebel und den anderen die Richtung weisen wird, nachdem sie Doug gefunden haben. Falls sie ihn finden, denkt er noch, aber das behält er für sich.

Silver
210
200
190
180
150
140
130
120
110
100
90
80
70
60
50
40
30
20
10

JOEY

Die Strecke zurück ist fast so beschwerlich wie der Aufstieg zuvor. Joey wundert sich. Sie haben sich vor nur kurzer Zeit einen Weg gebahnt, aber alles scheint schon wieder zugewachsen zu sein. Das Grün kommt ihr jetzt sogar noch dichter vor. Immer wieder rufen sie laut Dougs Namen, aber eine Antwort bekommen sie nicht.

Stattdessen übertönt schon bald ein Konzert aus Kreischen und Jaulen, Bellen und Brüllen ihre eigenen Stimmen. Rebel achtet nicht darauf. Sie pflügt sich durch das Gestrüpp. Bouna und Joey wagen es nicht, auch nur einen Meter zurückzubleiben. Ihrer aller Arme sind schnell voller blutiger Striemen. Joey bereut es schon, dass er sich noch am Strand die Hosenbeine oberhalb der Knie abgeschnitten hat. Jetzt wünscht er sich, dass der Stoff seine Haut noch schützen würde.

Joey schlägt mit der flachen Hand nach einem Moskito in seinem Nacken. Er erwischt ihn, aber gestochen hat das Biest ihn bereits. Ein Blutfleck bleibt zurück. Ein

Schwarm kleinerer, nicht weniger gieriger Stechmücken macht sich darüber her.

»Verdammt, wer hatte bloß diese Scheißidee, an diesem Spiel teilzunehmen«, knurrt Joey. »Ich würde ihm gerne einen Tritt in den Hintern geben.«

»Ihr nervt mit eurem Gequatsche«, meldet sich Bouna zu Wort, der bisher still und beharrlich durch den Dschungel marschiert ist und nur seinen Mund aufgemacht hat, um nach Doug zu rufen. »Lasst uns diesen Amerikaner finden.«

Rebel erstarrt plötzlich. Mit einem stieren Blick schaut sie Joey an.

»Was?«, fragt Joey. Er setzt schon zu einem Schritt an.

Rebel hebt langsam die Hand. »Nicht bewegen.«

Bevor Joey fragen kann, was das soll, hört er das leise Zischeln direkt neben seinem rechten Ohr und nimmt die sehr langsame Bewegung wahr. Die Bewegung passt nicht zu der hohen Frequenz des Geräuschs. Joeys Gehirn baut die Informationen jedoch zusammen. Bild und Ton werden zu einem. Für einen kurzen Augenblick erscheint es Joey, als bewege er sich aus seinem Körper heraus und schaue sich von oben selbst zu, wie seine Pupillen in den Augenhöhlen nach rechts wandern und die Schlange erkennen.

Das Reptil hängt von einem Baum herab, die Haut

schimmert. Sonderlich groß ist das Tier nicht. Nur sein Züngeln verrät, dass es sich um ein lebendes Wesen und nicht um eine der bizarren Formen des Urwalds dieser Insel handelt.

Joey weiß nicht, was ihn mehr erschrecken soll: das gewundene Ungeheuer, das vielleicht gerade überlegt, ob es sein Gift in Joeys Blutbahn jagen soll, oder das sonderbare Gefühl, sich selbst in dieser Situation zu beobachten.

»Bleib ganz ruhig«, flüstert Bouna. »Wenn du dich bewegst, glaubt sie, dass du sie angreifen willst, und wehrt sich.«

Schlaumeier, denkt Joey, aber er tut, was Bouna gesagt hat, und erspart sich sogar eine patzige Bemerkung. Er wagt nicht einmal einen zu tiefen Atemzug. Lange hält er allerdings nicht durch. Eine der fetten Mücken surrt um Joeys Kopf. In den Körper der Schlange kommt Bewegung. Wie in einer Zeitlupe, die Joey in hundertfacher Vergrößerung anschauen kann, senkt sie sich auf Joeys Schulter hinab, schlängelt sich über seine Brust und gleitet auf der anderen Seite wieder hinauf zur linken Seite seines Halses, wo sich die Mücke niedergelassen hat.

Das Insekt sucht die beste Stelle für einen Stich, wird fündig. Es ist ein schmerzhafter Stich, Joey zuckt unwillkürlich. Sein Zucken ist eine fürs Auge fast nicht wahrnehmbare Bewegung, aber die Schlange wertet es als Gefahr. Sie stellt den vorderen Teil ihrer biegsamen Wirbelsäule auf, reißt das Maul auf. Lange, nadelspitze Giftzähne werden sichtbar.

Noch ein Herzschlag, und er wird sich hundert Bisse von diesen lästigen Mücken wünschen und noch ein paar blutige Kratzer an den Waden – statt der beiden Stiche der giftigen Zähne. Die Zeitlupe dieses Bewegungsablaufs erstirbt im selben Moment und wandelt sich in einen blitzschnellen Ablauf: Etwas zischt auf Joeys Kopf zu, verfehlt ihn jedoch um Haaresbreite. Der Lufthauch ist zu spüren, ein Pfeil zerteilt zuerst die Luft und dann den Kopf der Schlange, die von dem Geschoss mitgerissen und an den Stamm einer Palme genagelt wird.

Joey lässt die Luft ab, die er unbewusst angehalten hat. Ihm bleibt nicht viel Zeit, um sich der Erleichterung hinzugeben.

»Guck dir das an!«, ruft Bouna.

Joeys und Rebels Blicke schnellen in die Höhe und folgen Bounas Fingerzeig. Etwas schwirrt über ihnen herum, verharrt für den Bruchteil einer Sekunde auf der Stelle und schießt dann davon. Im starken Gegenlicht der hoch über ihnen stehenden Sonne ist das Flugobjekt nicht mehr eindeutig zu erkennen.

»Das war … das war … eine … eine …«, stottert Joey.

»Drohne«, vollenden Rebel und Bouna wie aus einem Mund den Satz.

»Eine bewaffnete Drohne«, ergänzt Joey, nachdem er zwei- oder dreimal tief durchgeatmet hat. Die beiden anderen scheinen dasselbe gesehen zu haben wie er, aber das ist unmöglich. Wie soll hierher eine Drohne kommen?

»Denkst du, was ich denke?«, fragt Bouna.

»Es muss jemand auf der Insel sein.«

»Oder auf einem Boot in der Nähe der Insel. Solche Dinger kannst du allerdings auch mit einer ziemlich großen Reichweite steuern«, sagt Rebel.

Joey schüttelt ungläubig den Kopf. »Aber nur, wenn du der amerikanische Geheimdienst bist oder etwas in der Art.«

»Was geht hier ab?«, murmelt Bouna.

»Wenn wir nicht weitermachen, geht hier gar nichts ab«, sagt Rebel und geht weiter in die Richtung, in der sie bald zum Strand gelangen müssen.

Bouna und Joey folgen ihr.

Nach ein paar Schritten bleibt Joey stehen. Er geht zurück zu der Palme, in deren Stamm der Pfeil steckt, der ihm das Leben gerettet hat. Die Schlange fällt zu Boden, als Joey das Geschoss herauszieht. Er wischt die Spitze ab. Das Material ist leicht und schimmert blaugrau.

Rebel und Bouna inspizieren das schmale, eher unscheinbare Teil, das – mit zielsicherem Blick abgeschossen – absolut tödlich sein kann.

»Was ist das für ein Material?«, fragt Rebel.

»Vielleicht Titan?«, fragt Joey.

»Auf jeden Fall hat sich das nicht irgendein Buschbewohner aus einem Ast geschnitzt«, sagt Bouna.

»Wir müssen weiter«, sagt Rebel noch einmal.

Schweigend machen sie sich wieder auf die Suche nach Doug. Sie kämpfen sich den ganzen Weg bis zum Strand zurück, aber es gibt keine weiteren Begegnungen mit giftigen oder sonstigen Wesen. Und auch nicht mit Doug. Niemand antwortet auf ihre Rufe. Auch der Ort, an dem Doug laut Russell ums Leben gekommen sein soll, lässt sich nicht ausmachen. Nirgendwo ein Platz, an dem ein solches Massaker seine Spuren hinterlassen hat.

»Was sollen wir tun?«, fragt Bouna nach einer Weile.

»Umkehren?« Joey ist sich nicht sicher. Eigentlich möchte er nicht unverrichteter Dinge zu den anderen stoßen.

Rebel schaut sich um. Joey folgt ihrem Blick. Vor ihnen die Weite des blauen Ozeans, hinter ihnen die grüne Wildnis, dazwischen der fast weiße Streifen Strand. Alles wirkt wie ein Paradies aus einem Werbefilm, in dem im nächsten Augenblick ein paar cool gestylte Leute mit Sonnenbrillen und Basecaps durchs Bild tanzen und Cocktails trinken.

Rebel geht schließlich voran, und sie folgen dem Pfad, den sie gekommen sind, bis hinauf zu der Lichtung. Sie hören schon die Stimmen der anderen, als Rebel sich plötzlich umdreht.

»Vielleicht erzählen wir erst einmal nichts von der Sache mit dem Pfeil«, schlägt Rebel vor.

»Warum nicht?«, will Bouna wissen.

»Wir verunsichern die anderen nur«, sagt Rebel. »Die Stimmung ist sowieso schon auf dem Nullpunkt.«

»Aber wenn irgendwo jemand in der Nähe ist, wäre das immerhin die erste gute Nachricht, seit uns die *Soul Saver* in der Mitte des Nichts ausgespuckt hat, um dann vor unseren Augen in tausend Stücke zu zerbersten und zu versinken«, gibt Bouna zu bedenken.

»Wir können es später sagen«, schlägt Joey vor. »Peilen wir erst einmal die Lage.«

»Okay«, sagt Bouna zögerlich. Überzeugt klingt er nicht. »Das Ding hat dir immerhin das Leben gerettet.«

»Oder auch nicht«, sagt Joey. »Vielleicht hat jemand nur schlecht gezielt und danebengeschossen.«

Bouna schluckt. »Glaubst du, dass du das Ziel gewesen sein könntest?«

Rebel zuckt die Achseln. »Möglich ist alles. Seit wir

auf der Insel gelandet sind, ist einer durchgedreht, und einer ist zerfetzt worden, drei Leute sind verschwunden, und Jackie glaubt, sie habe ein Wesen gesehen, das es im echten Leben gar nicht gibt.«

Was meint Rebel damit? Joey kapiert nicht, was diese Bemerkung soll.

»Jackie hat es mir unter dem Siegel der Verschwiegenheit in der Nacht noch anvertraut. Sie hat einen Reduktor gesehen, behauptet sie.« Mit einer Geste macht Rebel klar, dass sie das für eine verrückte Einbildung hält.

Ganz schön viel Geheimniskrämerei herrscht hier, denkt Joey, der von diesem angeblichen Erlebnis von Jackie noch nichts gehört hat.

In diesem Augenblick raschelt und kracht es direkt neben ihnen im Busch. Es bleibt ihnen kaum Zeit zu reagieren.

Etwas bricht aus dem Unterholz hervor und rast auf sie zu: ein Wildschwein mit gewaltigen Hauern! Joey weiß, dass mit einem wütenden Keiler dieser Größe nicht zu scherzen ist.

»Bringt euch in Sicherheit«, schreit Rebel.

»Los, los, der eliminiert uns.« Das ist Bounas Stimme, und Joey wundert sich über den Ausdruck: eliminieren.

Ein angreifendes Wildschwein reißt gefährliche Wunden. Er hat gelesen, dass so etwas auch tödlich ausgehen kann.

Die Berliner Vororte bevölkern die Biester seit einiger Zeit, ganze Rotten dringen in Parks und Gärten ein und machen platt, was nicht niet- und nagelfest ist. Meistens sind sie nur auf der Suche nach etwas zu fressen, aber wenn eine Muttersau ihre Jungen verteidigt oder einen aggressiven Eber der Hafer sticht, ist äußerste Vorsicht geboten.

Eliminiert wird man von –

Es bleibt keine Zeit, weiter über die Feinheiten eines Wildschweinangriffs nachzudenken. Sie rennen los.

Das Tier ist kurz irritiert. Es scheint sich nicht entschließen zu können, nimmt kurz Kurs auf Rebel, dann auf Bouna und verharrt schließlich für einen Augenblick.

»Was macht denn so ein Biest auf dieser Insel?«, ruft Joey. Rebel läuft auf dem schmalen Pfad voran.

Bouna folgt ihr, dahinter Joey, der hört, wie sich das röchelnde und grunzende Wesen wieder nähert. An einer lichteren Stelle bricht Rebel nach links aus, Bouna nach rechts. Joey folgt ihm, weicht dann aber noch weiter nach rechts aus. Äste peitschen ihm ins Gesicht. Etwas weiter vorne erklingen Rebels Schreie. Sie flucht wie ein Hafenarbeiter, klingt aber nicht danach, als sei sie erwischt worden. Joey stolpert über eine verschlungene

Wurzel, fällt der Länge nach auf die Nase, augenblicklich strömt Blut aus beiden Löchern. Ihm bleibt keine Zeit zu jammern.

Das Krachen im Gebüsch nimmt wieder zu, dann das Grunzen, das Trommeln der Klauen und dann etwas, das Joey kurz davon ablenkt, dass sein Fuß in einer Wurzelschlinge festklemmt: Beunruhigende Schreie gellen durch den Dschungel. Das ist Bounas Stimme – die plötzlich verstummt.

MAGGIE

Sie erreichen die Lichtung mit den Hütten nach einer Stunde. Maggie atmet erst einmal durch, weil sie am Ziel sind und weil die Umstände hier besser sind, als sie es erwartet hatte. Die Behausungen, die sie vorfinden, sind ohne Zweifel vor langer Zeit gebaut worden, aber sie sind einigermaßen stabil und noch ganz gut in Schuss. Mit ein paar der großen Farnwedel, die herumliegen, und einigen dickeren Ästen können sie die Lücken im Dach schnell ausbessern.

»Sieht doch fast wie deine Fünf-Sterne-Lodge aus!« Silver knufft Jackie in die Seite. Jackie macht zwar keinen Freudentanz, aber sie meckert auch nicht. Auch Hunter wirkt zum ersten Mal seit dem Morgen entspannt. Russell lässt sich still im Schatten vor einer der Hütten nieder. Rose hockt sich neben ihn und streicht ihm die verschwitzten Haare aus dem Gesicht.

»Geht's besser?«, fragt sie.

Russell nickt, bringt jedoch keinen Ton hervor.

»Er braucht Wasser«, sagt Maggie.

Rose seufzt. »Das brauchen wir alle. Da drüben, ungefähr vier Minuten in westlicher Richtung, befindet sich eine Wasserstelle. Sie wird aus einem Wasserfall gespeist.«

Maggie schaut Rose überrascht an.

»Du glaubst mir nicht?«, fragt Rose. Zur Bekräftigung leiert sie die genauen Koordinaten herunter und erklärt den Weg noch einmal mit allen Wegmarken, die die Natur bietet: eine mächtige Yucca-Pflanze in voller Blüte, an der man sich links halten muss, dann mit Blick auf den hohen Felsen in der Ferne vierzig Schritte geradeaus, an einem Steinmännchen, das jemand hinterlassen hat, links und so weiter.

Maggies Augen werden noch größer. »Woher willst du das wissen?«

»Was?«, fragt Rose.

»Wo es hier Yuccas und Steinmännchen und eine Wasserstelle gibt.«

»Eine Wasserstelle?«, fragt Rose zurück. »Keine Ahnung. Ich weiß nichts von einer Wasserstelle.«

»Jetzt verarsch mich nicht.« Maggies Tonfall wird harsch.

Rose zuckt nur mit den Achseln.

Maggie stapft davon. Mit Hunter geht sie die Strecke ab und stößt zielsicher auf die Wasserstelle.

»Wow«, sagt Hunter nur. »Woher wusstest du davon?«

Maggie will ihm eine Antwort geben, aber sie behält dann doch für sich, dass Rose ihr diesen Weg haargenau erklärt hat.

»Zufall«, antwortet sie stattdessen. »Ich habe es irgendwie gerochen.«

Hunter schüttelt den Kopf, fragt aber nicht weiter. Er zweifelt genauso an Maggies Worten, wie es Maggie an Roses getan hat. Das spürt Maggie nur zu gut. Sie füllen den verbliebenen Kanister und gehen zurück ins Lager.

»Oh mein Gott, ihr habt Wasser gefunden.« Rose tut, als wäre nichts gewesen. »Ohne feste Nahrung kann man ein paar Wochen überleben, ohne Wasser keine einzige. Komm Russell, trink einen Schluck.«

DER WÄCHTER

Die Schlinge zieht sich jetzt zu. Ich weiß, dass du nicht hinter Rose steckst, obwohl auch Teile deiner Signatur in ihrem Quellcode zu finden sind. Solche Pannen wie mit der Wasserstelle sind zwangsläufig, weil du langsam den Überblick verlierst. Aber es macht mir Spaß, weiter dabei zuzuschauen, wie du scheiterst. Du hast jedoch allen Respekt, lieber Hannes, denn das ist dein wahrer Name. Johannes Klopfer, geboren am 8. Dezember 2007 in Berlin-Marzahn. Bei den Großeltern aufgewachsen, weil deine Eltern Opfer eines Autounfalls wurden, als du drei Jahre alt warst. Ich werde dich im Spiel lassen, bis ich sicher weiß, hinter wem du dich versteckst. Für die anderen Überprüfungen brauche ich nicht mehr lange, spätestens morgen habe ich Sicherheit. Dann lasse ich dich hochgehen, das muss ich, weil sie mich sonst zur Rechenschaft ziehen.

ROSE

Rose weiß, dass etwas nicht in Ordnung ist, aber sie weiß nicht, was es ist. Diese sonderbaren Fragen zuerst von Maggie und dann von Hunter nach der Wasserstelle. Seit sie vom Strand aufgebrochen sind, hat Rose Augenblicke, die sich wie ein Blackout anfühlen. Als sei sie gar nicht bei den anderen. Momente, als säße sie vor einem schwarzen Bildschirm, hinter dem sich irgendetwas abspielt, das sie nicht mitkriegt.

Denk nicht zu viel nach, grübele nicht, ermahnt Rose sich. Wir sind alle in einer Ausnahmesituation und du selbst am meisten. Um ehrlich zu sein, hatte sie mit mehr Problemen gerechnet. Ein Coming-out wie das ihre überfordert viele Menschen, das hatte sie bereits gelesen. In ihrer Fantasie ist sie alles schon zigmal durchgegangen. Sie hat alles gelesen, was es darüber zu lesen gibt, wenn man fünfzehn ist und feststellt, dass man sein ganzes Leben lang die falsche Rolle, die falsche Identität und sogar den falschen Körper gelebt hat.

Nicht grübeln, sagt sie sich noch mal und betritt die

Hütte auf der Lichtung, die am größten und im besten Zustand ist.

Sie findet mehrere Holzkisten, zwei Feldbetten aus rostigem Eisen, in einer Ecke muss ein Regal gestanden haben, das allerdings in sich zusammengebrochen ist. Der Boden davor ist übersät mit Scherben zerbrochener Glasgefäße, dazwischen liegen Überreste von kleinen Skeletten, Knöchelchen und Schädel, die wahrscheinlich von Fröschen, Echsen und Vögeln stammen.

Rose vermutet, dass hier vor sehr vielen, wahrscheinlich sogar vor hundertfünfzig oder mehr Jahren Forschungsreisende ihr Lager aufgeschlagen haben. Es wirkt nicht so, als seien sie unfreiwillig hier zurückgeblieben.

Die größte Überraschung stellt ein verschnörkelter Sekretär dar, nicht sehr groß, aber mit allem, was zu einem solchen Schreibtisch gehört: Schreibplatte, eine Reihe kleiner Fächer und Schublädchen, ein steinernes Gefäß, das wohl einmal ein Tintenfass gewesen ist. Davor steht ein wackeliger Stuhl, dessen ehemals gepolsterter Sitz nur noch aus Stofffetzen und ein paar ausgeleierten Metallfedern besteht.

Rose setzt sich darauf, das morsche Möbelstück bricht unter ihr zusammen.

In einer Kiste befinden sich uralte Gerätschaften zur Bestimmung der Position und zur Vermessung der Landschaft. Jetzt ist Rose sicher, dass es sich um die Hinterlassenschaften eines Naturkundlers oder Geografen aus dem 19. Jahrhundert handeln muss.

Ein paar Werkzeuge wie eine Sichel und glücklicherweise auch ein Schleifstein gehören ebenfalls dazu. Zwei Speere oder Lanzen stecken am Eingang im Boden. Die Schäfte sind aus einem gut erhaltenen dunklen Holz gefertigt, das in der ganzen Länge mit kunstvoll geschnitzten Bildern und Symbolen überzogen ist. Die Spitzen bestehen nicht aus Metall, das Material lässt sich nicht bestimmen, aber sie sind noch messerscharf.

Rose prüft sie und ritzt sich prompt den Finger blutig.

»Jetzt fehlt uns nur noch etwas, das wir damit jagen können.«

Rose schreckt zusammen. Hunter steht hinter ihr.

»Was zwischen die Zähne wäre nicht schlecht.«

»Dafür müssen wir wohl sorgen, sonst sinkt hier die Stimmung unter den Nullpunkt. Wenn die anderen wieder da sind, gehe ich auf die Jagd.«

Rose verdreht die Augen.

»Was denn? Meinst du, ich kann das nicht?« Statt eine Antwort abzuwarten, geht Hunter hinaus. »Komm schon!«

Draußen reißt Hunter die Waffe hoch und holt weit aus. Er schleudert den Speer quer über die Lichtung.

Die Waffe schlägt auf der anderen Seite in einen Baumstamm und schwingt ein paarmal nach. Jackie, die unter dem Baum sitzt, schreit auf.

»Willst du uns hier alle umbringen?«

Maggie, die außerhalb der Gefahrenzone war, grinst und klärt Jackie darüber auf, dass Hunter schon zweimal die brandenburgischen Landesmeisterschaften seiner Altersstufe im Mehrkampf gewonnen hat. »Das Problem ist nur, dass ich hier noch kein einziges Tier gesehen habe, das man jagen und essen könnte. Nicht einmal einen Vogel.«

»Wie geht es Russell?«, fragt Rose.

»Besser«, antwortet Maggie. »Er hat sich ein bisschen beruhigt und sitzt schweigend da. Habt ihr etwas Nützliches in der Hütte gefunden?«

Rose schüttelt den Kopf. »Eine Sichel, einen Schleifstein und die Mordinstrumente.« Sie deutet auf den Speer.

»Immerhin etwas«, sagt Silver.

Maggie erzählt ihrerseits, was sie entdeckt hat. »Es ist alles uralter Kram. Einiges ist vergammelt, aber einiges war gut verpackt und geschützt. Ein Sextant und ein Kompass sind auch dabei«, sagt Maggie. »Vielleicht war es auch ein Forschungsreisender oder Landvermesser. Auf jeden Fall hat er wohl Pflanzen und Tiere gesammelt. Vielleicht zweihundert Meter weiter hinauf gibt es eine Wasserstelle mit einem Wasserfall. Wir werden auf jeden Fall nicht verdursten. Danach geht es allerdings nicht weiter. Ziemlich schroffe Felsen. Man müsste wieder weit nach unten gehen und die Insel umrunden, wenn man auf die andere Seite will.«

»Ich gehe nirgendwo mehr hin. Wir warten hier, bis uns jemand abholt«, knurrt Jackie.

»Da können wir vielleicht lange warten«, murmelt Rose.

»Wenn Rebel, Joey und Bouna zurück sind, gehen wir erst einmal auf die Jagd«, sagt Hunter. »Irgendetwas Essbares wird es auf dieser Insel schon geben.«

»Müssten die drei nicht längst wieder bei uns sein?«, fragt Maggie.

JOEY

Joey und Rebel erreichen Bouna ungefähr zur gleichen Zeit. Er hängt kopfüber an einem Baum in anderthalb Meter Höhe. Ein Fuß steckt in einer Schlinge, das Seil hält ihn oben.

»Holt mich hier runter«, fleht er sie an.

Rebel kann sich ein Grinsen nicht verkneifen. Sie betrachtet Joey, dessen Nase blutverschmiert ist. Ihr Blick geht wieder zu Bouna. Aus dem Grinsen wird ein Lachen, in das Joey einstimmen muss, so ansteckend ist es.

»Habt ihr noch alle Tassen im Schrank? Holt mich hier runter!«, schreit Bouna.

»Ihr seht so komisch aus«, prustet Rebel.

»Ich fühle mich aber nicht komisch«, gibt Bouna zurück. »Und seid vorsichtig, hier gibt es noch mehr von diesen Fallen.«

Joey schaut sich um. Bouna hat recht. Rund um eine offene Schneise stehen weitere Bäume, an denen Opfer des Fallenstellers hängen. Er hat wahrscheinlich jeden zweiten Baum mit einer solchen Schlingfalle versehen. An drei weiteren Bäumen hängen die kaum noch erkennbaren Jagdopfer. Sie sind schon vor geraumer Zeit in die Fallen gegangen und bestehen nur noch aus Knochen und Fell. Den Rest haben sich Aasfresser und Insekten geholt.

»Keine Menschen«, stößt Rebel erleichtert aus.

Sie und Joey tasten sich vor.

Erst jetzt sieht Joey, dass es in der Mitte der Schneise noch eine andere Falle gibt. Eine mindestens vier mal fünf Meter große Grube, sicher drei Meter tief und bestückt mit pfeilspitzen Holzstangen, die die Beute bei einem Sturz aufspießen und sicher unangenehme Verletzungen verursachen.

»Damit sollen sicher keine Karnickel gefangen werden«, sagt Joey, dem klar ist, dass selbst der wuchtige Keiler, der sie gejagt hat, sich in dieser Grube wie ein Kuscheltier ausmacht.

»Worauf wartet ihr?«, hören sie Bounas Stimme von oben.

Joey sucht sich einen möglichst massiven Ast, der herumliegt, und tastet sich damit vor. Er klopft bei jedem Schritt den Boden vor sich ab, um mögliche Fallstricke oder Fangeisen nicht mit einem seiner Füße auszulösen. Auf der Rückseite des Baums, an dem Bouna hängt, wird er schnell fündig. Dort ist ein Tau um einen

Aststumpf geschlungen. Joey löst das Seil, vergisst jedoch, dass Bouna nun mit seinem vollen Gewicht am anderen Ende zieht.

Zwar ist Bouna ein schmaler Typ, aber in der Überraschung kann Joey nicht schnell und fest genug zugreifen. Bouna saust nach unten, schreit, kommt unsanft auf dem Boden auf. Er setzt an, Joey zu beschimpfen, merkt aber, wo er gelandet ist – in einem Ameisennest.

Seine Schreie hallen durch den Dschungel, als die wimmelnden Tierchen beginnen, sich gegen den Eindringling zu verteidigen. Bouna hüpft wie ein wild gewordener Troll von einem Bein auf das andere.

Rebel und Joey schlagen ihm die roten Biester vom Körper und aus den Klamotten, aber es bleiben genug, die ihre Säure unter Bounas Haut jagen können.

»Sorry«, sagt Joey.

Rebel muss wieder lachen. »Schaut euch den Dschungelkrieger an«, kichert sie.

Leise vor sich hin fluchend stapft Bouna davon. Erst als sie das Lager erreichen, hat er sich einigermaßen beruhigt.

Auch Hunter und die anderen empfangen sie mit einem Schmunzeln im Gesicht. Joey legt den Zeigefinger auf die Lippen. Sie verstehen und verkneifen sich einen Kommentar.

»Habt ihr Doug gefunden?«, fragt Hunter.

Joey schüttelt den Kopf. »Nicht die geringste Spur.«

»Dafür eine Schlange, ein Wildschwein, einen Ameisenhaufen und ein paar Fallen, die einen das Leben kosten können«, sagt Rebel. »Wenn wir aus diesem Urwald etwas zu essen holen wollen, sollten wir darauf achten, dass der Urwald uns nicht verschluckt.«

»Die Sonne geht bald unter. Niemand holt mehr irgendwas aus dem Urwald. Wasser haben wir, und niemand wird verhungern, wenn wir den Rest unserer Vorräte für morgen aufsparen. Ein Zwieback muss als Abendbrot reichen.«

»Jawoll, Boss«, antwortet Rebel.

Die anderen schweigen.

PRESSEKONFERENZ DES AUSWÄRTIGEN AMTS – BERLIN

Sarah Luft, Pressesprecherin des Außenministers:
»Weitere Informationen zur Reise des Außenministers in die Vereinigten Emirate entnehmen Sie bitte der Pressemappe, die Sie morgen downloaden können. Gibt es dazu noch Fragen?«

Ludger Severin, Leiter des Hauptstadtbüros der Westdeutschen Mediengruppe WMG:
»Gibt es neue Informationen zum Verschwinden der *Soul Saver*? Nach unseren Informationen waren mehrere deutsche Staatsbürger an Bord der Jacht von Rupert Milton.«

Sarah Luft:
»Nein, uns liegen dazu keine Informationen vor. Ich danke Ihnen, die Pressekonferenz ist damit beendet.«

Ludger Severin:

»Moment, eine Nachfrage habe ich noch. Uns liegt die Kopie einer E-Mail an das deutsche Konsulat auf den Seychellen vor. Darin wird ein Lösegeld für fünf Jugendliche aus Berlin und Umgebung gefordert, die unter falschen Namen an Bord der *Soul Saver* gegangen sein sollen und nun in den Händen von Piraten sind. Nach unserer Recherche gibt es einen Zusammenhang mit den verschwundenen Jugendlichen, die im Spreewald aufgefunden wurden.«

Sarah Luft:

»Wie gesagt, uns liegen dazu keine Informationen vor.«

Ludger Severin:

»Und warum wurde in dieser Sache eine Nachrichtensperre verhängt? Die Honorarkonsulin ...«

Sarah Luft:

»Herrgott noch mal, ich sage, es gibt keinen Kommentar dazu. Und wenn es irgendwelche Informationen gäbe, würde ich Sie Ihnen nicht auf die Nase binden. Sie wissen selbst, Herr Severin, dass dies im Falle eines Falles das Leben der Geiseln gefährden würde. Außerdem lehnt die Regierung Lösegeldzahlungen kategorisch ab. Das wäre nur eine Ermunterung dieser Menschenhändler, noch häufiger auf die Jagd zu gehen. Einen schönen Tag noch!«

KEINEN
TAG LÄNGER

GAME OVER

MAGGIE

»Einen Wasserfall haben wir gefunden«, sagt Maggie am nächsten Morgen.

»Eine Dusche wäre nicht schlecht«, findet Joey.

Rebel zieht den Speer, den Hunter geworfen hat, aus dem Baumstamm. »Was habe ich gehört? Dusche? Können wir auch gleich den Zimmerservice anrufen?« Sie lacht. »Oder gehen wir ans All-you-can-eat-Buffet heute?«

Joey springt plötzlich auf. Alle zucken zusammen. Auch Maggie wirft sofort ein paar schnelle Blicke nach links und rechts, aber es ist nichts passiert. Die Nerven von allen liegen blank, das spürt sie ganz deutlich.

»Hoppla, ich wollte euch nicht erschrecken. Wer geht mit zu dem Wasserfall?«, fragt Joey.

Bouna begutachtet die Unmengen von Ameisenbissen, die über Nacht angeschwollen sind. »Vielleicht kühlt das ein bisschen ab.«

Jackie kichert. »Ladies first. Und glaubt nicht, es gibt eine Show für euch. Urwaldschönheiten wie die Natur sie geschaffen hat, oder was?«

»Ich glaube, dafür interessiert sich gerade wirklich keiner«, sagt Maggie, auch wenn sie sich dessen gar nicht so sicher ist.

»Ich bade nie im schmutzigen Wasser von anderen«, sagt Rebel und lacht. »Kommt Mädels.«

»Halt!« Das ist Hunter. »Ihr geht nicht alleine, auf keinen Fall.«

»Meinst du, wir können nicht auf uns aufpassen?«, fragt Rebel. Sie rammt dabei den Speer in den Boden. »Kommt ihr jetzt? Silver? Jackie? Maggie?«

Maggie nickt. Sie hat keine Lust, sich von den Jungs begaffen zu lassen, und sie will auch nicht mit Klamotten ins Wasser steigen.

Erst jetzt fällt ihr auf, dass Rose schweigend abseits sitzt, und Maggie wird klar, dass eine solche Situation für Rose schwierig ist.

»Hey, kommst du mit?«, fragt Maggie.

»Ich habe genug vom Wasser«, sagt sie.

Maggie geht zu ihr und hockt sich direkt vor sie. »Du bist, was du bist, und vor allem bist du eine von uns.« Maggie deutet auf Jackie, Silver und Rebel. »Egal, wie du da unten aussiehst.«

»So einfach ist das nicht.« Rose kullern Tränen über die Wangen.

»Stimmt. Und vielleicht ist ein Schiffsuntergang nicht

der unkomplizierteste Zeitpunkt für ein Coming-out als Transmensch. Andererseits gibt es dafür wahrscheinlich nie einen unkomplizierten Zeitpunkt.«

Jackie tritt zu ihnen und stemmt die Fäuste in die Hüften. »Wo ist das Problem? Ohne Shampoo und Conditioner verfilzen meine Haare«, jammert Jackie mit gespieltem Drama in der Stimme. »*Das* ist ein Problem«, sagt sie und gackert albern los.

Maggie hebt zu einer saftigen Abfuhr an, aber dann kapiert sie, dass Jackie gar nicht so übel ist. Sie hat einfach eine andere Art, die Dinge auf den Punkt zu bringen.

Jackie lacht. »Nun komm schon, du gehst mit uns, oder wir bleiben alle hier und stinken. Immerhin halten wir uns damit die Jungs vom Leib.«

Silver streicht sich über ihre Kurzhaarfrisur und grinst. »Rebel, ist die Spitze von deinem Mordwerkzeug scharf genug, um Jackie einen neuen Schnitt zu verpassen?«

Jackie kreischt auf. Sie lässt Rose keine Wahl, sondern zieht sie an der Hand mit sich.

»Dafür nehmen wir besser Hunters Sichel«, schlägt Maggie vor.

Wieder gluckst Jackie, aber sie fährt sich durch ihre blonde Mähne, aus der sich schon lange alle Lockenpracht verabschiedet hat. Fast wirkt sie, als spiele sie tatsächlich mit dem Gedanken. Als sie am Wasser ankommen, ist sie die Erste, die sich die Klamotten vom Leib reißt und mit Anlauf in den von der Natur geschaffenen Pool springt.

Sie schreit und quietscht und ruft die anderen.

Silver und Maggie ziehen sich aus. Nur Rebel zögert. Ihre Blicke suchen immer wieder den Himmel ab, von dem nicht viel durch die Wipfel der Bäume zu sehen ist. »Vielleicht ist es besser, wenn eine von uns Wache schiebt«, sagt sie.

»Was ist denn da oben?«, fragt Silver. Ihr ist Rebels plötzliche Unruhe anscheinend auch aufgefallen.

»Nichts, gar nichts«, antwortet Rebel. »Ich denke nur, sicher ist sicher. Geht nur rein. Soll ich mich umdrehen, bis du drin bist, Rose?«

Rose nickt schüchtern. Sie beeilt sich, ins Wasser zu kommen. Dann durchquert sie ohne Zögern mit ein paar kräftigen Schwimmzügen das natürliche Bassin.

Die Mädchen spülen sich im angenehm kühlen Nass den Schmutz und Schweiß vom Körper. Jackie krault zu dem Wasserfall hinüber. Vor der Kaskade, die aus mindestens zwanzig Meter Höhe hinunterströmt, paddelt sie nur noch mit den Beinen, um sich auf der Stelle zu halten.

»Es sieht aus wie ein gläserner Vorhang«, ruft sie. Sie lehnt sich zurück und lässt sich das Wasser über den Kopf prasseln.

Maggie schaut sich nach Rose um. Sie hat sich wieder dem Ufer genähert, wo Rebel immer noch wachsam die Gegend und besonders den Himmel über ihnen im Auge behält. Plötzlich ruft sie: »Schnell, raus aus dem Wasser. Kommt raus!«

Maggie richtet ihren Blick auf das Ufer, wo sie hergekommen sind. Dort ist nichts zu sehen. Dann hört sie das Geräusch.

Ein Surren.

Es nähert sich, wird ein wenig lauter, wieder leiser.

Nun schaut Maggie direkt nach oben, weil von dort das Geräusch kam. Die hoch über ihnen stehende Sonne sticht Maggie ins Auge, instinktiv schließt sie die Lider, reißt eine Hand aus dem Wasser und beschattet die Augen.

Über ihr war etwas, dessen ist sich Maggie sicher. Etwas, das Rebel auch gesehen hat, sonst hätte sie die Warnung nicht ausgestoßen. Etwas, auf das Rebel gewartet hat.

»Was war das?«, fragt Maggie.

»Kommt, verflucht noch mal, raus aus dem Wasser. Wir müssen in Deckung gehen.«

Es bleibt keine Zeit mehr zu reagieren. Das Geräusch ist wieder da.

Das Ding, das dieses Surren von sich gibt, schwebt über dem Naturbecken. Maggie erkennt nun, was es ist: ein Flugobjekt. Anders kann Maggie es nicht beschreiben. Es verfügt über einen Rumpf und sechs Ausleger, zwei weiter hinausreichende und vier kleinere. Im Unterschied zu den Drohnen, mit denen einige der Jungs aus der Schule andere ausspionieren, fehlen an diesem Ding die kleinen Propeller. Es ähnelt eher einem UFO in Miniaturausführung, wobei Aliens ihre Fluggeräte wohl kaum mit einem Schriftzug in englischer Sprache bekleben würden.

Bevor Maggie überhaupt etwas tun kann, hebt Rebel die Hand mit dem Speer in die Höhe. Alles geht sehr schnell. Sie holt weit aus und katapultiert die Waffe mit aller Kraft in Richtung der Drohne.

Rebel hat nur eine Chance. Wenn sie nicht trifft, wird die Lanze im besten Fall auf der anderen Seite des kleinen Sees im Busch landen. Oder im Wasser versinken.

Sie trifft.

Zwar nur einen der beiden längeren Ausleger, aber die Speerspitze durchbohrt das Material. Teile splittern ab, die Drohne gerät ins Trudeln, fängt sich jedoch wieder. Aus den vier kleineren Auslegern zischt jeweils ein Strahl, wahrscheinlich eine Art Turbobeschleunigung.

Maggie kämpft sich aus dem Wasser. Rose hat sich schon ans Ufer gerettet und streift sich die Klamotten über.

»Das Miststück entkommt uns«, ruft Rebel.

Die Drohne kreist immer noch über dem Wasser. Rose greift sich einen langen morschen Ast. Sie versucht, nach dem Gerät zu schlagen, wenn es sich nähert. Der Pilot, der irgendwo mit dem Steuerungsmodul sein muss, bekommt sein Spielzeug nicht unter Kontrolle. Ein neuer Stoß aus den Düsen schleudert es in die Höhe, es sackt wieder ab, nimmt aber Geschwindigkeit auf.

Knapp über der Wasseroberfläche schießt die Drohne mitsamt dem Speer über den kleinen See, durchbricht den Wasservorhang und verschwindet dahinter.

Jackie, die von der ganzen Sache nichts mitbekommen hat, weil sie eine kleine Show als Nixe unter dem Wasserfall aufgeführt hat, schreit: »Was war das denn? Bist du wahnsinnig, Rebel? Wolltest du mich umbringen?«

»Dafür hätte ich den Speer nicht geopfert«, gibt Rebel bissig zurück. »Kannst du was erkennen?«

Jackie starrt in den Wasservorhang. »Was soll ich da erkennen?«

»Oh Mann«, stöhnt Rebel. »Ob es dahinter weitergeht, eine Höhle oder so. Hast du noch nie einen Abenteuerfilm über Leute auf einsamen Inseln gesehen? Da gibt es immer einen Wasserfall und so einen Tümpel und …«

Weiter kommt Rebel nicht, weil Jackie sich längst die Nase mit zwei Fingern zudrückt und durch das nasse Hindernis verschwindet.

Maggie schlägt die Hände über dem Kopf zusammen. »Ist sie verrückt geworden?«

»Euch kann man es echt nicht recht machen«, sagt Rose. »Rebel hat doch gefragt, ob da was ist.«

»Ich habe aber nicht gesagt, dass sie einfach alleine verschwinden soll.«

»Kommt, wir müssen hinterher«, sagt Rose.

»Sollten wir nicht die Jungs holen?«, fragt Maggie.

»Seit wann brauchen wir die für so etwas?«

Dieses Mal steigen sie mitsamt ihrer Klamotten ins Wasser, auch Rebel. Vor dem Wasserfall stoppen sie. Blicke wandern von einer zur anderen, schließlich durchqueren sie wie Jackie den nassen Vorhang. Erst als sie die Barriere schon fast durchquert haben, fällt Maggie auf, dass eine von ihnen fehlt. Wo ist Silver?, fragt sie sich, aber bevor sie sich darüber weitere Gedanken machen kann, erscheint vor ihrem Auge ein Schriftzug. Er leuchtet rot und ist von einer gestrichelten Linie umrahmt, die wie ein Laufband die Wörter umfährt.

Maggie kennt diesen Schriftzug. Er besteht aus ein

paar englischen Wörtern, und sie hat ihn schon öfter gesehen: *Activate your next soul. If you don't have another soul, the game ends for you.*

Maggie hat nun nur noch sechzig Sekunden. Eine kurze Zeit, um zu verarbeiten, was gerade passiert. Sie haben sich ziemlich verzockt, so viel ist klar. Sie muss grinsen. »Aber wir sind ganz schön weit gekommen.«

REBEL

Rebel taucht hinter dem Wasserfall auf. Sie weiß schon, dass hier bald Endstation für sie ist, aber sie weiß nicht, wie die ganze Sache zusammenhängt. Vielleicht ist es die Erschöpfung. Vielleicht hätten sie eine Pause machen müssen.

Sie hat es nach dem ersten Drohnenangriff geahnt und beim Angriff des Wildschweins gewusst, weil es für sie kein Wildschwein war. Joey und Bouna haben einen Keiler gesehen, aber sie nicht.

Es war ein aggressives Gorillamännchen und es kann in der Realität nicht sein, dass drei Leute gleichzeitig von zwei völlig unterschiedlichen Tieren angegriffen werden.

Maggie steigt neben ihr aus dem Wasser.

Sie stehen nebeneinander auf einem Vorsprung und schauen in die Weite.

»Hattest du auch die Warnung?«, fragt Maggie.

Rebel nickt.

»Wir sind raus. Liege ich richtig?«, fragt Maggie.

Rebel nickt erneut. »Fürchte ja. Allerdings hatte ich keinen blassen Schimmer, dass wir überhaupt drin sind.«

»Das Spiel ist perfekt«, sagt Maggie.

»So was von«, sagt Rebel.

»Ich habe es auch nicht gecheckt, und ich habe einen noch blasseren Schimmer, wie es funktioniert.«

Rebel hebt die Schultern und lässt sie wieder fallen. »Es ist eben doch ein Spiel. Ein verdammtes Spiel.«

Ein Warnsignal ertönt. Eine Stimme fordert sie auf, eine Seele zu aktivieren, aber Rebel hat keine mehr. »Bei dir auch?«, fragt sie.

Maggie nickt. »Jepp. Wir müssen die letzte Seele ihm überlassen.«

Rebel stimmt Maggie zu. »Vielleicht hat er noch eine Chance.«

»Meinst du, einer der anderen kann ihm gefährlich werden?«

»Jeder kann ihm gefährlich werden.«

»Hey!«

Eine Stimme ertönt hinter ihnen. Es ist Rose. Sie winkt. Und lacht.

Der Countdown nähert sich der Null.

»Hoffentlich gibt er nicht auf«, sagt Maggie.

»It's not over when you lose, it's over when you quit.«

Langsam löst sich das Bild auf. Es zersetzt sich in immer gröbere Pixel. Der Bildschirm wird schwarz. Zwei Wörter leuchten rot auf.

GAME OVER.

ROSE

Rose sieht, wie zuerst Rebel und dann Maggie verschwinden. Sie lösen sich einfach auf. Spätestens jetzt ist sie sich sicher, aber eigentlich wusste sie es schon, als sie durch den Wasserfall getaucht ist. Sie kann nicht schwimmen, und sie würde niemals freiwillig ins Wasser steigen, schon gar nicht nach dem Untergang der *Soul Saver*.

Sie schwimmt noch einmal mit kraftvollen Zügen durch das Bassin in der Höhle, die sich hinter dem Wasserfall verbirgt. Über ihr erhebt sich eine Kuppel wie das Gewölbe einer Kathedrale. Von hoch oben fallen Streifen aus Sonnenlicht herab und tauchen alles in ein gespenstisches Zwielicht. Dort, wo die Strahlen in das Wasser fallen, ist der Grund des Felsendoms zu erkennen.

Rose dreht sich im Wasser um die eigene Achse. In dieser Bewegung ist noch besser zu erkennen, wo sie sich befindet. Der Ort kommt ihr bekannt vor, aber sie findet in ihrem Gedächtnis nicht die richtige Zuordnung, wo er hingehört. Die Lichtstreifen machen hieroglyphenartige Inschriften sichtbar, mit denen sämtliche Wände und der Boden des Beckens übersät sind. Ob eine Verbindung nach draußen zum Meer besteht? Die Oberfläche ist allerdings sehr still. Sie nimmt nicht das Rollen der Brandung auf, die mehr oder minder stark die ganze Insel umspült.

Ich bin nicht alleine hier. Schemenhafte Gestalten, kaum wahrnehmbar oder einfach so schnell, dass das menschliche Auge sie nicht erfassen kann, bewegen sich zwischen den lichten und den dunklen Segmenten der Höhle. Rose schließt die Lider. Sofort tauchen die Fabelwesen auf, die einer der Amerikaner zu sehen geglaubt hatte.

Die Erinnerung ist schon ganz fern, aber Rose ist sich plötzlich sicher: Es war Doug, der sie gesehen hat. Alle anderen haben ihn ausgelacht. Seine Stimme klingt Rose jetzt wieder im Ohr: »Eine wie in *Seven Souls*, wie im Spiel. Die Kämpferinnen, die du im sechsten Level als Bonus bekommen kannst, wenn du eines der Inselreiche erobert hast. So eine Meerjungfrau, eine Nixe, weißt du, so etwas mit einem Fischschwanz.«

Wenn diese Kämpferinnen hier um dich herumschwirren, solltest du sehen, dass du aus dem Wasser kommst, denkt Rose. Sie gehorchen nur ihrem Spieler und sind darauf programmiert, alles andere auszulöschen, restlos, im wahrsten Sinne. Sie sind wahre Fressmaschinen.

Jetzt wird Rose bewusst, wo sie sich befindet: unter Wasser. Bereits die ganze Zeit. Das ist unmöglich, ist ihr nächster Gedanke, völlig unmöglich, so lang kann kein Mensch ohne Luft auskommen. Rose paddelt mit den Beinen, stößt sich nach oben. Um sie herum wimmelt es nur so, aber es bleibt ihr keine Zeit, dem auch nur die geringste Beachtung zu schenken. Mit einem letzten kräftigen Stoß katapultiert Rose sich aus dem Wasser, zwei, drei Schwimmzüge und sie erreicht eine kleine Felsformation, die ihr die Flucht aufs Trockene ermöglicht.

Spiegelglatt liegt die Fläche wieder vor ihr. Rose keucht, pumpt immer wieder Luft in ihre Lungen. Wie konnte sie so lange dort unten bleiben?

Rose schaut sich um. Von diesem Felsvorsprung aus wirkt die Höhle wirklich wie der Innenraum einer Kathedrale.

Die Wände ziehen sich hoch hinauf, viel höher, als es von außen gewirkt hatte. Sie sind übersät mit Zeichnungen und Gravuren – Buchstaben fremder Schriften, Symbole, Hieroglyphen. Sie kennt diese Zeichen, erinnert sich daran, dass sie selbst sie auf ein Blatt gekritzelt hat, als sie versucht hat, einen Code zu knacken. Hier hätte er ihr geholfen, aber nun ist es zu spät.

»Wasser«, murmelt Rose. »Man muss durchs Wasser.«

Alles gleicht eher einem Bauwerk als einer natürlichen Höhle. Pfeilerartige Bögen scheinen die Kuppel zu tragen, an den Wänden zieht sich eine schmale, in den Felsen geschlagene Treppe hinauf. Ganz oben die Öffnungen, durch die Sonnenschein ins Innere fällt. Rose zählt sie nicht, sie weiß, dass es sieben sind. Sieben Tore zur Kammer sind es, und nur aus dieser Entfernung scheint es, als seien sie offen. Das sind sie nicht. Man braucht den Code. Hoffentlich knacken die anderen ihn. Sie traut es Joey am ehesten zu.

Genau kann Rose es nicht erkennen, aber es scheint so zu sein, dass man über die Stufen bis ganz hinaufsteigen, dort oben vielleicht sogar durch einen der Spalte hinausklettern kann. Sie weiß, dass sie dem Ziel sehr nahe ist, aber es nicht erreichen wird. Ihr Countdown läuft. Es war vereinbart, dass sie ihm die letzte Seele überlassen. Gleich ist alles schwarz.

GAME OVER.

DER WÄCHTER

Ich hätte jedem von ihnen gegönnt, es bis ganz zum Ende zu schaffen. Besonders Rose. Sie ist wirklich eine besondere Figur. Gewesen. So muss man es nun sagen, denn sie wird nie mehr zurückkehren. Wenn ich einmal die Gelegenheit bekomme, mit ihm zu sprechen, muss er es mir erklären. Warum Rose, mit ihrer besonderen Geschichte? Nun ja, man bekommt nicht auf alle Fragen eine Antwort. Schon gar nicht hier.

BOUNA

JOEY

»Wasser. Man muss durchs Wasser.« Joey zuckt zusammen. Ist er eingedöst, hat er geträumt?

»Man braucht den Code. Hoffentlich knacken die anderen ihn.«

Die Stimme ist in seinem Kopf, und an diesen Sätzen hat Joey sie auch erkannt. Es ist die Stimme von Rose.

Joey hockt vor der Hütte auf der Lichtung. Wie viel Zeit wohl vergangen sein mag? Auch er verliert auf dieser Insel zunehmend jegliches Gefühl für die Zeit und manchmal auch für den Raum. Der Weg, den er mit Rebel und Bouna zurückgelegt hat, erschien ihm in der einen Richtung unendlich lang, auf dem Rückweg hingegen so kurz. Manchmal hat er das Gefühl, sich gar nicht von einem Ort wegzubewegen, und trotzdem ändert sich alles um ihn herum.

»Wir sind noch nicht lange hier und drehen schon durch«, sagt Joey.

»Das stimmt«, sagt Bouna.

Joey zuckt zusammen. Er hat nicht gemerkt, dass

Bouna neben ihm steht. Vielleicht tut er es auch nicht. Er ist einfach da. So wie andere weg sind. Doug. Die Japaner. Keinerlei Lebenszeichen hat es von ihnen mehr gegeben. Vielleicht weil sie nicht mehr leben.

»Hey, ich hab dich etwas gefragt.« Bouna stupst Joey in die Seite.

»Was? Was denn?«, fragt Joey verwirrt.

»Ob du mir mit den Decken und dieser Kette helfen kannst. Das könnte eine ganz coole Hängematte werden, aber du musst das hier oben fixieren, während ich den Stoff da durchziehe.«

Joey tut, was Bouna sagt, und ein paar Minuten später schaukelt tatsächlich eine Hängematte mit Bouna darin zwischen zwei Bäumen. »So lässt es sich leben. Jetzt noch einen kühlen Drink und ich checke hier nie mehr aus. Hotel Paradise.«

Joey schenkt ihm ein müdes Lächeln. »Sind die Mädchen schon zurück?«

Bouna lacht. »Die Mädchen? Welche Mädchen?«

Joey verliert die Geduld. Er macht sich auf den Weg zu dem Wasserfall, obwohl sie vereinbart haben, dass keiner mehr allein durch den Urwald stiefelt. Er sollte sich daran halten, erst recht nach dem Ereignis mit der Falle, die Bouna erwischt hat.

Auf den paar Hundert Metern bis zu diesem Wasserfall wird ihm schon nichts passieren, beruhigt Joey sich. Er muss nur dem von den anderen ausgetrampelten Weg folgen. Wasser, frisches Quellwasser! Er freut sich darauf. Er hat sich das letzte Mal in Deutschland in diesem Motel gewaschen. Wann war das? Kaum eine Woche ist es her.

Nach einer Weile erreicht er die Wasserstelle. Es gibt wirklich einen Wasserfall, der in die Tiefe rauscht. Von den Mädchen ist allerdings nichts zu sehen.

Als Joey aus dem Dschungel hinaus ans Ufer treten will, bemerkt er doch zwei Gestalten, die miteinander sprechen. Die eine ist Hunter, dann tritt die zweite aus dem Schatten eines üppigen Farns heraus.

Joey schnappt nach Luft. Er kennt die Person. Und sie hätte er garantiert nicht hier erwartet. Hunter streitet sich heftig mit der Punkerin. Er scheint fast erleichtert zu sein, als Joey sich bemerkbar macht.

HUNTER

»Du bist also noch im Spiel«, begrüßt die Punkerin Joey. »Natürlich bist du das, ich hätte sonst eine Nachricht bekommen. Die Mädchen hat es leider ziemlich schnell hintereinander erwischt. Der Wächter hat am Ende dann doch gute Arbeit geleistet. Ihr seid als Nächste dran.«

Hunter ist froh, dass Joey kommt. Es besteht also eine kleine Chance, dass er sein Team noch retten kann, auch wenn die Punkerin anderer Meinung ist. Er musste sich mit der Punkerin zusammentun. Sie versucht, ihre Spuren zu verwischen. Das ist eine gute Idee, findet sogar Hunter. Wenn Rupert Milton herausfindet, dass seine eigene Tochter sein Spiel manipuliert und mit den Hackern von *Free your Soul* gemeinsame Sache macht, dürfte der Haussegen in üble Schräglage geraten.

»Was geht hier ab«, fragt Joey. Er klingt ziemlich angesäuert.

Hunter weiß, dass mit Joey nicht zu scherzen ist, wenn er richtig sauer wird. Nur zu gut weiß er das.

Schließlich hat er Joey erschaffen.

Oder Hannes hat das getan.

»Wir haben auf dich gesetzt, weil wir dachten, dass du gut bist. Nicht gut. Unvorstellbar gut.« Die Punkerin zieht ein Smartphone aus der Tasche ihrer Lederjacke. Sie tippt in einem irren Tempo darauf herum.

»Was tust du da?«

Hunter greift nach dem Gerät. Die Punkerin weicht ihm aus, kommt dabei ins Wanken. Joey nutzt die Gelegenheit und schnappt ihr das Smartphone aus der Hand.

»Was. Geht. Hier. Ab?«, wiederholt Joey mit Nachdruck seine Frage.

»Gib das Ding her.« Der Tonfall dieser vier Worte lässt keinen Zweifel, dass die Punkerin nicht mit sich scherzen lässt.

»Wenn du mir sagst, was hier passiert, werfe ich es nicht ins Wasser.« Joey hebt den Arm.

»Joey, Alter, das solltest du nicht tun«, beschwichtigt Hunter ihn.

Die Punkerin lächelt nur gelassen. »Komm schon, Kleiner. Ich kann es auch per Sprachsteuerung bedienen.«

Joey reagiert nicht. Er wirft einen Blick auf den Bildschirm. Außer dem *Seven Souls*-Logo ist nichts zu sehen.

»Okay. Du kannst es ihm sagen. Er wird sowieso ausgeschaltet.«

Hunter macht noch einen Versuch. »Joey, es könnte

sein, dass du das ganze Spiel ruinierst. Wir haben noch nicht verloren. Noch ...«

»Ihr habt so was von verloren«, unterbricht die Punkerin Hunter. »Du solltest ihm nichts vormachen. Außerdem gibt es ihn noch nicht einmal.«

»Er ist mir ans Herz gewachsen, wie alle anderen auch«, sagt Hunter. Und das ist nicht gelogen. Er hat eine geraume Zeit mit Joey, Maggie, Rebel und mit Jaden oder Rose verbracht. Was heißt mit ihnen? Eigentlich in ihnen.

Hunter sammelt sich, sucht nach den richtigen Worten: »Du bist ... also, wir sind ... nicht echt.«

»Weißt du was, Hunter? Ich habe eben gedacht, ich spinne und höre Stimmen. Traumhaftes Belastungssymptom und so ...«

»Posttraumatisches Belastungssyndrom«, korrigiert die Punkerin ihn.

»Fuck, vielleicht auch das. Aber wer hier durchdreht, bist – du!«

Joey stürzt auf Hunter zu, aber die Punkerin tritt zwischen sie. Dabei gelingt es ihr, das Smartphone wieder an sich zu bringen.

»Jetzt tust du deinem Kumpel unrecht. Hunter hat dich und die Mädels geschaffen, um die KI des Spiels auszutricksen. Und sich selbst hat er ein klitzekleines bisschen aufgehübscht. Eigentlich ist er nicht so ein heißer Typ.«

Hunter zeigt ihr einen Stinkefinger.

»Und jetzt hört auf, euch zu streiten. Ich habe den Wächter, der euch beobachtet, in eine Randomschleife geschickt. Das hält ihn aber nicht lange auf. Bevor er wieder rauskommt und es GAME OVER für euch heißt, muss ich von hier verschwunden sein.«

Sie tippt auf dem Display herum. Mit einem Schlag wird alles grasgrün um sie herum. Der Wasserfall, der Urwald – alles verschwindet, nur die groben Formen einer Landschaft, überzogen mit Konstruktionsrastern, bleiben übrig.

Joey fällt die Kinnlade herunter. »Ein Greenscreen?«

Die Punkerin bestätigt das. »Ich könnte jetzt fast jede Landschaft darüberlegen. Slums in Mumbai? Oder die Sierra Nevada? Oder euer Forsthaus?«

»Was sind das für Marker?«, fragt Joey.

Hunter spürt die Neugier, die Joey schon gefangen hat. »Das sind die Spielfiguren, die derzeit noch Teil des Games, aber in den Silent-Modus geschaltet sind. Sie kreisen mit dem Wächter in Randomschleifen und werden sich nachher wundern, wie sonderbar hier die Zeit vergeht.«

Joey schaut an sich herunter. Betastet seinen Arm,

greift nach dem von Hunter. »Wir sind nicht echt?«, fragt er.

»Was heißt hier echt?«, sagt die Punkerin. »Nur wer einen Körper hat, ist echt? Darüber werden sich die Philosophen wohl noch einige Zeit mit den KI-Freaks streiten und irgendwann den Kürzeren ziehen.«

Hunter schüttelt den Kopf. »Nicht echt. Nicht einmal ich selbst. Wir sind alle fünf von Hannes geschaffen worden.« Das ist ein Spiel. Und es ist jetzt aus.

FINANCIAL TALK – DER PODCAST FÜR WIRTSCHAFT, FINANZEN & VERMÖGENSANLAGE

DEUTSCHLANDS JÜNGSTER MULTIMILLIONÄR

Johannes Klopfer – vom Forsthaus an die Wallstreet

Marvin Miller:

»Herzlich willkommen zur neusten Ausgabe des Podcasts für alle, die ihre erste Million machen wollen. Mein Name ist Marvin Miller, und ich sitze heute im Studio mit meiner Kollegin Rebecca van Thun und dem jungen Mann, der vor zwei Jahren die Welt der Hightechanleger zum Beben gebracht hat. Guten Abend, Johannes Klopfer, mittlerweile 17 Jahre, elf Monate und dreißig Tage alt und millionenschwer. Das wäre er jedenfalls, wenn er seine Aktienbeteiligungen an der *Seven Souls Entertainment AG* zu Bargeld machen würde, was er ab morgen kann, dann wird er nämlich volljährig. Ich hoffe, wir dürfen trotzdem Hannes sagen?«

Hannes:

»Alles cool, na klar. Und im Moment bekomme ich noch Taschengeld von meiner Mom.«

Rebecca (lacht):

»Genau genommen hast du diese Wahnsinnskohle illegal verdient.«

Hannes:

»Wie man's sieht. Ich habe Lücken in einem angeblich todsicheren System entdeckt. Am Ende wurde niemand geschädigt.«

Marvin:

»Das ist die Sprachregelung, die dir deine Anwälte so aufgeschrieben haben?«

Hannes:

»Ich plappere nicht nach, was Anwälte mir aufschreiben.«

Marvin:

»Für unsere Hörerinnen und Hörer, die sich vielleicht nicht so richtig in der Gamer-Szene auskennen, solltest du es uns kurz erklären.«

Hannes:

»Ich habe an der großen *Seven Souls*-Challenge 2022 teilgenommen und sie nicht gewonnen. Mein einziges Vergehen war, wenn man das so ausdrücken will, dass ich nicht das Mindestalter von 16 Jahren hatte. Und ich habe in der Gestalt von mehreren Spielerinnen und Spielern mitgemacht.«

Marvin:

»Wie viele waren es noch? Fünf oder sechs?«

Hannes:

»Nur fünf.«

Rebecca:

»Das sagst du so nebenher, aber Sie da draußen sollten wissen: Hannes hat als fünf völlig verschiedene Menschen – oder sollte ich besser sagen Figuren – gleichzeitig teilgenommen. Gleichzeitig. Das ist der Punkt. Obwohl eine der ausgeklügeltsten künstlichen Intelligenzen, die dieses Spiel kontrolliert, jeden Vorgang in Sekundenschnelle analysiert, also prüft, wie die Spielerinnen und Spieler agieren, und sofort mit einer Sperre reagiert, wenn jemand unter mehreren Identitäten Einfluss auf das Spiel nehmen oder sogenannte Collaborations bilden will. Die KI gleicht biometrische Erkennungsmerkmale wie zum Beispiel die Regenbogenhaut im Auge oder den Klang der Stimme mit dem Spielverhalten ab.«

Hannes:

»Na ja, am Ende hat es dann ja auch nicht ganz geklappt.«

Marvin:

»Woran ist es denn gescheitert?«

Hannes:

»Am Hund von meinem Opa. Der heißt Crusoe, und im Spiel hieß er Robinson, aber das war nicht das Problem. Ich habe ihn zweimal auftauchen lassen, und bei der Programmierung habe ich eine Spur gelegt. Oder die Sache mit Rose. Sie sagt, dass sie nicht schwimmen kann, und dann schwimmt sie wie ein Fisch. Leute wussten Sachen, von denen sie keine Ahnung hatten. Witzig war, dass Joey von einem Wildschwein verfolgt wurde, für Rebel war es aber ein Gorilla oder so etwas. Kleinigkeiten, aber verhängnisvoll, wenn die Wächter des Spiels auf dich aufmerksam geworden sind. Aber das können Sie jetzt alles in dem Buch, das gerade erschienen ist, nachlesen. Ein bisschen Werbung darf ich machen?«

Marvin:

»Natürlich. Ich habe es hier. Es heißt *Stay alive – das ist kein Spiel.*«

Rebecca:

»Noch einmal zu dem Fehler: Ein Hund hat dir also das Genick gebrochen?«

Hannes:

»Klingt ein bisschen brutal, aber – ja. Genauer darf ich es Ihnen nicht sagen.«

Marvin:

»Stimmt, denn das steht in deinem Vertrag, den du mit Rupert Milton persönlich abgeschlossen hast. Man könnte sagen, dass du jetzt der oberste Wächter über *Seven Souls* bist, damit allen, die die Software hacken oder manipulieren wollen, das Handwerk gelegt wird.«

Hannes:

»Na ja, ich arbeite in einem Team von sechzig Leuten, und außerdem muss … äh … will ich auch noch mein Abi machen.«

Rebecca:

»Wunderbar. Wenn Sie Hannes in seinen abgewetzten Klamotten hier sehen könnten. Ein wirklich bescheidener junger Mann. By the way: Es ist das Team seiner eigenen Firma, in dem er ›arbeitet‹. Einer der schärfsten Konkurrenten von Milton hat bereits ein Übernahmeangebot gemacht.«

Hannes:

»Geld ist mir nicht so wichtig. Ich wollte einfach gewinnen.«

Marvin:

»Sagt der Millionär und lächelt dabei vielsagend. Am Ende hat dann ein junger Mann aus dem Senegal gewonnen.«

Hannes:

»Jepp, dieser Bouna Diallo.«

Marvin:

»Den wir leider bisher nicht in unserem Podcast vors Mikrofon bekommen konnten, aber da bleiben wir dran.«

DANACH

ERST WENN DAS SPIEL
AUS IST, SIEHT MAN,
WER GEWONNEN HAT.

HANNES

Hannes nimmt seinen Rucksack und verabschiedet sich von den Podcastern. Ihn nerven diese Termine mit Medienleuten, weil sie immer dieselben Fragen herunterleiern. Er versucht, sie jedes Mal zu beantworten, als seien es die interessantesten und brandneuesten Dinge, die sie von ihm wissen wollen. Normalerweise fragen sie auch, welche seiner Figuren, die er erfunden hat, ihm selbst am ähnlichsten ist. Alle denken sowieso, er selbst sei Hunter gewesen.

Vielleicht war er das. Vielleicht auch nicht. Maggie, Rebel, Joey, Rose? Vielleicht. Man muss auch seine Geheimnisse haben.

Alle haben gedacht, sie seien ihm auf die Spur gekommen. Sind sie aber nicht. Sonst wüssten sie, dass er nicht mit fünf Seelen an den Start gegangen ist, sondern mit sieben. Sieben Seelen.

Wenn er daran denkt, meißelt sich ein breites Grinsen in sein Gesicht.

Er holt eines seiner Smartphones aus dem Rucksack.

Er benutzt dieses Exemplar selten, aber ab und zu muss er es tun, um ein paar E-Mails und Messages unter diesem Namen zu verschicken.

Im Moment soll Bouna Diallo noch weiterleben. Oder besser: Die Leute sollen denken, dass er lebt.

»Es waren sieben, ihr Blödmänner. Nicht sechs und nicht fünf, sondern sieben. Und natürlich habe ich am Ende gewonnen«, murmelt er und grinst.

Hannes tippt mit schnellen Fingern eine Nachricht: *Hey, Silver, was geht? Sie sind alles Idioten, das kann ich dir sagen. Greetz Bouna.*

Hinweis

Ich versuche in meinen Büchern bewusst, vielen Identitäten einen Raum zu geben. Ich will eine diverse, vielgestaltige Welt abbilden. Dabei muss nicht immer jedes Thema, das hinter der Gestaltung meiner Figuren steht, ausgiebig behandelt oder problematisiert werden.

Rose macht in diesem Buch ein Coming-out als transidente Person. Ich weiß, dass dies eine sehr verkürzte Form ist, einen tiefgreifenden und oft schmerzhaften Prozess der Transformation darzustellen. Ich hoffe, dass es trotzdem gelungen ist und niemand verletzt. Für Feedback und Kritik – ganz besonders von transidenten Menschen – bin ich offen und dankbar.

Wer sich in der Figur von Rose wiederfindet und bisher keine oder zu wenig Unterstützung auf dem Weg in die zu sich passende Identität gefunden hat, kann sich in ganz Deutschland an immer mehr Beratungsstellen wenden. Einen Überblick bietet zum Beispiel der *Deutsche Paritätische Wohlfahrtsverband* auf seiner Homepage:

https://www.der-paritaetische.de/themen/bereichsuebergreifende-themen/queer-im-paritaetischen/beratungsstellen-inter-trans/

Dankeschön

Als im März 2020 die Coronapandemie meinen mit Lesereisen überfüllten Kalender leer fegte, habe ich mich kurz gegrämt, dann aber getan, was Autoren tun sollten: schreiben. Vier Bücher zwischen 2020 und 2022. Das kann man ohne viele Kontakte.

Meine wunderbare Agentin Birgit Arteaga brachte alle vier Ideen bei guten Verlagen unter. Danke, liebe Birgit, dass du mich nun schon über zwei Jahrzehnte unterstützt.

Es ging um Zeitreisen, um künstliche Intelligenz, um Kolonialismus und zum Schluss um ein Spiel, das alle ziemlich gemein hinters Licht führen sollte. Am Ende wurde die Zeit arg knapp. Ich hätte es ohne die geduldige und kundige Beratung durch meine Lektorin nicht geschafft, das ist sicher. Katja Korintenberg, großer Dank an dich! Und Dank an Johanna Abend im Verlag, dass du im Endspurt noch drei Tage herausgeschunden hast.

Helge, dass ich dir für deine kreative Arbeit danke, ist sowieso klar. Ich feiere deinen Style, du hast den Figuren noch einmal einen besonderen Touch gegeben.

Und zu guter Letzt danke ich auch Prof. Dr. Sebastian Bernhardt, der sich an der Pädagogischen Hochschule Schwäbisch Gmünd immer wieder mit meinen Büchern beschäftigt und mir mit wirklich gut klingenden Worten erklärt, was ich beim Schreiben eigentlich mache. Man nennt es *mimetisch unentscheidbares Erzählen*. Für uns einfache Leute heißt das: Du kannst dich auf nichts verlassen, sei auf alles gefasst und vor allem schalt dein Köpfchen ein, wenn du diese Geschichte liest. Verzeiht mir, wenn ich euch an der Nase herumgeführt habe, liebe Leser*innen. Es wird nicht wieder vorkommen. Oder vielleicht doch?

Frank Maria Reifenberg, Köln im Sommer 2022

© Jörn Neumann

Der Autor

Frank Maria Reifenberg, geboren 1962, schreibt vor allem Kinder- und Jugend- sowie Drehbücher für Film und Fernsehen. Er hat bereits über 50 Romane veröffentlicht, die in viele Sprachen übersetzt wurden. Dafür wurde er mehrmals mit dem Leipziger Lesekompass ausgezeichnet sowie für den deutsch-französischen Kinderbuchpreis und den Katholischen Kinderbuchpreis nominiert. Er engagiert sich besonders für die Leseförderung von Jungen.

© Dave MNG

Der Illustrator

Helge Vogt wollte als Kind Paläontologe werden. Irgendwann wurde ihm klar, dass er die Dinosaurier und Monster lieber zeichnet. Jetzt macht er das beruflich. Seine Comicserie *Alisik* ist in Deutschland, Frankreich, den USA, Japan und Tschechien erschienen: www.trickwelt.com.

Stay Alive – Das ist kein Spiel
ISBN 978-3-96129-264-6

Edel Kids Books – Ein Verlag der Edel Verlagsgruppe

www.edel.com

1. Auflage 2022

Text: Frank Maria Reifenberg
Umschlag- und Innenillustrationen: Helge Vogt
Umschlaggestaltung: Vanessa Weuffel
Lektorat: Katja Korintenberg
Projektkoordination: Johanna Abend
Layout und Satz: Uhl + Massopust, Aalen
Herstellung: Frank Jansen
Druck und Bindung: GGP Media GmbH, Pößneck

Printed in Germany

EIN WETTLAUF GEGEN DIE ZEIT!

WIRST DU GEWINNEN?

Michael Ford
Forgotten City
ab 11 Jahren | 336 Seiten
ISBN 978-3-96129-134-2

WER ZU SPÄT KOMMT...

...DEN BESTRAFT DAS LEBEN!

Heiko Wolz
Bounty Hunter
ab 11 Jahren | 256 Seiten
ISBN 978-3-96129-254-7